遺言未満、

椎名　誠

JN052889

集英社文庫

目次

本文写真　椎名　誠

本文デザイン　有山達也
大野真琴

遺言未満、

「死」を知る生物

この数十年、世界のいろんな国を旅してきた。行けば最低一カ月はひとつの国のあちこちを歩き回る。インドなんかに行くとあの大きな国のいたるところに、日本にいては想像もできないくらいの密度で人々がごった返している。赤ちゃんから老人まで、人人人がひしめいている。

その逆に日本よりもずっと面積の小さな国でも人がぎっしり、というところもある。人種も違うし、文化や生活、幸福感や生き甲斐《いがい》、悲しみや歓喜などというのにも甚だしい違いがある。同じ人間でも、何がどうしてこんなに違いがあるのか、フと疑問を抱くこともある。どうしてこんなに差異があるのか。

ある国を見ては羨ましく思うときもあるし、その逆に、利己的に「ああ、このような国に生まれてこなくてよかった」などと多少の傲岸不遜とか自己卑下なども感じながら、そう思うときもある。

世界中、同じ人間でありながらみんな違う人生を歩んでいる。あたりまえのことだが、それに本気で気がついたときに、単純ながら、世界の人々は凄《すさ》まじく不平等ななかに生きているのだ、ということがわかり、錯覚かもしれないが、自分の内面思考が少し深まったかもしれない——という気分になった。

そういうことを考えてからしばらくして、いやそれは違うのかもしれない、と思うようになった。我々人間はそれぞれの人生がみんな違うけれど、でもひとつだけ「平等」なことがある。

それは、これも単純な思考と知りつつ、敢《あ》えて書いていくが、みんないつか必ず「死ぬ」ということだ。子供から大人になる過程で、そのことにみんな気がつく。若い頃は、気がついてもさして動揺はしない。そこにはきっとみんな死ぬんだからしょうがない、自分にはまだまだ先のコトだろうけれど——、という余裕の気持ちが根底にあるからだろう。

「面倒」な生き物

動物行動学で知られる日髙敏隆《ひだかとしたか》さんの晩年の著作（タイトルがどうしても思いだせないのだが）のなかに興味深い問いかけがあった。それは、人間と、人間以外の生物、たとえばサルとか犬とかニワトリとかイモムシとかハエからアメーバまで、とにかく「人間とそれ以外の生物との決定的な違いは何か？」というものだ。

はじめ簡単そうに思えたが、しかしいくら考えても「これだ！」と自信を持って答えられるものは何も出てこなかった。

回答は要するに「人間は自分がいつか死ぬ、ということを知っているが、その他の生物はそのことを知らない」というものであった。

なるほど、たしかにそうなのだろう。

働きアリが生まれてからずっと行列を作ってたとえば食料の欠片《かけら》をくわえて巣に運ぶ。その単純な仕事をずっと続けて、ある日力つきて「死ぬ」。死ぬアリは自分がついに死をむかえた、ということは知らないだろう。

ブタが毎日人間から豊富な餌を与えられて、とにかく毎日朝から夜までそれを食べている。どうして人間が毎日豊富な餌を与えてくれるのか、ブタは考えたことがないだろう。

アリと違ってブタの場合はある程度成長したら、今まで見たこともないところに連れていかれてよく意味がわからないまま殺される。

賢いブタが生まれて、今までどのブタも思考したことのない、自分らに毎日食べ物を与えてくれる生物が最後には自分たちを食ってしまう、という単純な運命を理解してしまったら、そのブタは以降与えられる餌を食べなくなるかもしれない。

ブタぐらいの高度な脊椎動物でさえ、そういう自分らの「不幸な運命」を知らないのだから、虫ぐらいの小生物が自分におとずれる確実な死を知ることはまずないだろう。

その意味で地球という複雑な構造をした惑星は、生命に対して非常に不公平である。でも、こんなことも言えるかもしれない。人間は自分らがやがて到達する「死」を知っているだけに非常に「面倒」な生物になってしまった。「死」を恐れ、自分に「死」をもたらす可能性のあるものをどんどん考えていき、それを排除しようということが人生の最優先テーマということになる場合もある。その思考で繰り返されてきた巨大な災い行為のひとつが「戦争」だろう。

やがてくる確実な「死」への到達を知らなかったら、もっと好きなように自由に思ったとおりに生きていけるかもしれない。自分の「死」も他人の「死」もさして気にせず、そして悩むこともなく毎日が安楽でここちいい。

人間はひとつのその状態を「天国」と考えた。死んだあとそういう幸せそうな天国に行くための方便のひとつが宗教だったかもしれない。そういうものがからんでくると人間の「生」と「死」の周辺はますます複雑になっていき、その思考は今日までゆるぎなく継続しさらに際限なく複雑化している。

これからしばらく人間の死を中心に据えて、その周辺の様々な事象を、さして明確な脈絡を求めずに、考えていこうと思っている。

二〇一三年に『ぼくがいま、死について思うこと』（新潮社）という本を書いた。

これを書くときの動機もまた単純だった。

知り合いの精神科の医師と、知り合いの親しい編集者がほぼ同じ時期にぼくにほぼ同じようなことを言ったのだ。

「あなたは（ぼくのことですね）自分がいつか確実に死ぬ、ということを一度も真剣に考えたことはないでしょう？」

与えられる餌をさしたる思考もはさまず、むさぼり食って毎日笑って生きているブタ――というのは、実はぼくだったのである。

言われてみればたしかにそうだなあ、とぼくは素直にその指摘に反応していた。自分がいつか必ず「死ぬ」ということは理解していたが、そんなにつきつめてそのことを考えていたわけではなかったのだ。

その指摘に反応してぼくは、自分が世界のいろんな国で見てきた葬儀であるとか、死者に対する人々の対応などの事例を中心に書き、それなりに自分も思考して一冊の「死」の本にまとめた。

ぼくが書いてきたこれまでの夥《おびただ》しい粗製濫造的著書のなかでは極端に異例のテーマだったからか、その本はけっこう多くの人に読まれたようだった。

あのブタおとっつあん（ぼくのことですが）もけっこういろいろ考えていたんだな……。読者はそう思ったことだろう。

その本を書いてから四年が経過した。にわかに「死」について慣れない思考を強いたからか、そのあともいろいろと、もう少し突っ込んで取材し、続編のようにして「死」のもっといろんな周辺を書いていかなければならないのではないか、と思うようになった。

不平等な惑星での必然

『葬送の原点』（上山龍一《うえやまりゅういち》、大洋出版社）、『世界の葬送』（松濤弘道《まつなみこうどう》監修、「世界の葬送」研究会編、イカロス出版）などを見ると、葬送の基本が次のようにまとめられている。

火葬、土葬、風葬、樹上葬、ミイラ葬、水葬、鳥葬、舟葬、樹木葬。

古代からその国の風土、気象、伝承などによってそれぞれ必然的に（やむなく）生まれてきた、というのがわかる。

それに加えて宗教や死生観から葬送の方法が分化している。モンゴルの奥地へ馬で旅しているときに風葬の行われている場所を何度か見た。風葬という文字から見るとなにやらウツクシイ語感だが、実際には草原に遺体を放置する日本で言う「野ざらし」に近い。遺体を放置しておくと大型の鳥や狼《おおかみ》、山犬、虫、バクテリアなどがたちまち白骨にしてくれる。チベットの鳥葬は僧侶が魂の解放の儀式（これをポアと言う）を行ったあと、鳥葬場（寺の背後の山地や谷などにある）でいわゆる弔い師のような人が遺体を解体したのち禿鷹《はげたか》や犬などが始末する。チベットは根底に施しの思考が根づいており、魂を解放したあとの遺体を空腹の動物などに施す、という考えが基本にある。チベットをよく旅している私の妻は友人の鳥葬の現場にたちあっているし、森林が多くなる東チベットでは大きな樹木の枝にぶらさげられている小さな子の遺体を見ている。一、二歳未満の子はまだ人間にまで至っていない、という思考が背景にあっての風習らしい。

ぼくは水葬をインド、ネパールなどで実際に見た。火葬した後（火葬といっても日本のように骨まで焼けるわけではない）、大河に流す方法と遺体を布でくるんでそのまま流す方法がある。男は白、女は赤っぽい布にくるんであった。舟葬は舟形をした柩《ひつぎ》に遺体を乗せて海に流すものが多く、宗教によっては舟が天国に運ぶ乗り物、というおしえのもとに行われたらしい。シルクロードの要衝、古代の砂漠の王国「楼蘭《ロウラン》」にむかう日中共同楼蘭探検隊に同行したことがあるが、砂の王国「楼蘭」でも舟形をした柩をいくつか見た。砂漠に舟、という組み合わせがはかなくも美しく感じられた。

樹上葬はラオスの山中に住む山岳民族が行っていた。山奥深くに高さ二、三メートルの櫓《やぐら》をたててその上に遺体を置く。これも鳥や動物、太陽の熱が遺体を始末してくれる。

このように葬送の方法は基本的にはそこに住む人々の背景にある自然やその状態に左右されることが多い。火葬はそれができる素材——燃えるもの（むかしは木材など）がなければ成立しないから、山林がないところでは別の方法を考えなければならない。

ロシアの奥地、いわゆるシベリアやそのもっと北方の北極などに行くと、こうした凍

草原の民が神を祀《まつ》るピラミッド形の仏塔と女性。手にするのは一回転するとお経を一度読んだことになる小さな「マニ車《ぐるま》」（チベット・二〇〇六年）

結した大地では「土葬」はできない、ということに気がつく。表面の地層は三、四メートルほど永久凍土だから遺体を埋めるとたちまち凍結保存という状態になり、ずっとそのままになってしまう。シベリアなどはまだタイガという広大な針葉樹林地帯があるから火葬はできるだろうが、北緯六六度より上の森林限界をすぎた北極になると、もはや燃やすものはまったくない。

アラスカ、カナダ、ロシアの極北地帯にも行ったがぼく自身が自然の猛威に耐えるのが精一杯で、葬送の方法を聞いてまわる余裕はなかった。想像するに海に流していたのだろうが、極寒の季節での葬送となると海も凍結するからその方法もとれない。

『江戸の町は骨だらけ』(鈴木理生《すずきまさお》、ちくま学芸文庫)では遠いむかしから人口過密が大前提であったお江戸では埋葬のために地面を掘るのも大変だったということがよくわかる。最後まで読んで思ったのは、この地で寺に埋葬される人は「しあわせなことこの上ない」ようだ、ということだった。寺は宗派によって死者を選別する。その信者一族の寄進などからなりたち、しばしば時の為政者にも利用される。寺は死者にとっては「狭き門」であり、菩提寺《ぼだいじ》に無事埋葬されるのが死者にとって本当の意味の安住の地、ということになっていたようである。要するにエリートの死者、というわけである。

その背後にたくさんの流浪の者がいた。無宿者が飢餓などで行き倒れるとそれはまだあちこち地形の凹凸が激しかった江戸の荒れ谷や窪地《くぼち》、洞穴、湿地帯などの「人捨て場」に捨てられた。そういう遺体にカラスや野犬などが集まってきて、危険かつ不浄の一帯になっていく。つまり江戸時代の都はあちこちで実質的な鳥葬や風葬が行われていたのだ。

落語の「野ざらし」は大川《おおかわ》（隅田川《すみだがわ》）に釣りに行ったご隠居さんが川の岸辺で人骨（されこうべ）を見かけ、気の毒にとふくべ（ひょうたん）から手向《たむ》けの酒をそそぎ、祈って帰ると、その夜美しい女の訪問がある。大川で野ざらしだった骨は若い娘でそのお礼を言いにきた、という話だ。

きっとその時代は荒れ地などで人骨を見つける、ということがたくさんあったのだろう。

江戸時代に関東は何度か大規模な災害に見舞われてたくさんの人々が被災しているし、大火があるとたちまち広大な土地が焼き尽くされ、そこでも大勢の人がいちどきに亡くなった。生き残った人々では手がつけられないほどの死体が放置され、困ったあげくこれらは海岸に運ばれて埋め立ての基礎にもされたという。人の骨などが埋め立ての基礎にちょうどよかったのかもしれない。

地球は骨の堆積物

日高さんを遠いお手本に、ぼくも幼稚な質問（疑問かな）をもとう。

「地球にはこれまでどのくらいの人の骨が残されてきたのだろう」

幼稚な質問だから答えは簡単である。

「これまで地球に生まれてきた人の数ぐらいである」
・人類誕生以降、現在までの人口累計数
・現在の人口数
・骨の自然風化の平均年数
とりあえずこの三つの要素を基礎に計算していくとなんらかのおおざっぱな数字が導きだされる筈《はず》である。

この基礎的要素に、
・人類誕生以降の、災害による死者数
・同じく、あらゆる戦争による死者数
なんていうのを加えていくと、生物的寿命を全《まつと》うできなかったヒトの骨の数、などというものが導きだされるのではないだろうか。

「導きだしてどうする？」と、言われても困るのだが……。

話は変わるが、ぼくの菩提寺は静岡の千本松原《せんぼんまつばら》にある禅寺である。親族の葬儀があったりするとその墓に行く。そこそこ長い歴史のある家系だったらしくかなり大きな面積にいろいろな供養塔がたち、中央にある大きな花崗岩《かこうがん》にわが一族の家紋が入っている。葬儀となるとその塔の下に骨を入れる地下埋葬スペースがあり、この仕組みの墓をカロウト式というらしい。

葬儀のたびにちょっとした墓あばきが繰り返されるのだ。

ぼくは視線を低くしてその中をちらりと見てしまう。暗い奥のほうにむかっていくつもの骨壺《こつつぼ》が置いてあるのが見える。名前は知っているが誰の骨がどの壺にあるのかなどということはまるでわからない。

やがてぼくもあのなかに入るのだろうか、と思うと歳《とし》ごとに陰々滅々とした気分になる。もっと明るく開放的な「終《つい》の住処《すみか》」を求めてはいけないのだろうか。

念願のお骨佛をおがみに

一心寺《いっしんじ》のお骨佛《こつぶつ》のことをはじめて知ったのは一〇年ぐらい前のことだった。興味本位にパラパラやっていた『勝手に関西世界遺産』（朝日新聞社）という本のなかで宮田珠己《みやたたまき》さんが紹介していた。宮田さんは日本、いや世界中のちょっと変わった、あるいは不思議な、もっといえば珍奇なる造形物にもっぱら興味をもち、それを紹介する本を沢山書いている。面白いのでぼくはこの人の「旅の目」のようなものに書物でくっついていき、びっくりしたり感心したり笑ったりしている。

大阪市東部、天王寺《てんのうじ》区を縦断する小高い台状地帯を「上町《うえまち》台地」と呼ぶということもはじめて知った。歴史、学問、文化の中心地であり、ここを知らない大阪人はいないという。そういうところからはじめて知っていくのだから当方なんとも肩身がせまい。

一心寺の正式名称は「坂松山高岳院《ばんしょうざんこうがくいん》一心寺」。浄土《じょうど》宗だが、宗派を問わない参詣や予約不要の納骨を受け入れている（一部宗派を除く）ので「庶民の寺」として親しまれ年中無休の施餓鬼《せがき》法要を行っているのも人気を呼んでいるという。

今日に至るまでの概略を現在の一心寺長老、高口恭行《たかぐちきょうぎょう》氏の手になる『うえまち』（NPO法人まち・すまいづくり）から抜き書きする。

発祥は文治《ぶんじ》元年（一一八五年）。法然上人《ほうねんしょうにん》が四天王寺《してんのうじ》の別当であった慈鎮《じちん》（慈円《じえん》）和尚《かしょう》の招きでこの地を訪れた。そのころ、茶臼山《ちゃうすやま》付近は岬のように海にせり出した高台になっており、抜群の眺望であった。西に沈む夕陽《ゆうひ》は茅渟《ちぬ》の海（大阪湾）と空を黄金《こがね》色に染めながら明石《あかし》海峡に向かってゆく。それはまるで極楽浄土の瑠璃の池のようであったという。この光景から当地こそ浄土観想法の経典である『観無量寿経《かんむりょうじゅきょう》』で説かれている「日想観《にっそうかん》」を行うに最もふさわしいと考えられていたのである。

慈鎮和尚は法然上人をお招きするにあたり今の一心寺辺りに四間《けん》四面の草庵《そうあん》を用意され上人をお迎えになった。後に後白河《ごしらかわ》法皇もここに同席され共に日想観を修されたと伝えられている。当初は「荒陵《あらはか》の新別所《しんべっしょ》」、後に「源空庵《げんくうあん》」と称されるようになったこの草庵が一心寺の発祥とされている。

一心寺の名は、慶長《けいちょう》元年（一五九六年）本誉存牟《ほんよぞんむ》上人が法然上人の旧跡であるこの地で一〇〇〇日の念仏修行を行い、一心称名《しょうみょう》をもって寺を再興したことが由来といわれている。

「お骨佛」とはつまりは人骨でつくられた仏像である。

一心寺がお骨佛をつくるようになったのは明治二〇年（一八八七年）というからおよそ一三〇年前、それほどむかしということでもない。さきに触れたように宗派を問わず檀家《だんか》であるなしにかかわらず納骨でき、お参りができる、ということで人気を呼び、ここに納骨する人が年々増えていって、わかりやすくいえば「骨であふれかえってしまった」ようなのである。

そこで骨を細かく砕き数万人の骨による等身大（実際にはもっとずっと大きく感じられたが）の仏さまをつくる、ということを考えだしたのである。

太平洋戦争で寺は焼かれ、それまでにつくられた六体は焼失したが、残った遺灰を集め戦後すぐに七体目を造立、以来、一〇年に一体のペースでどんどん増えているという。

ぼくはこのお骨佛話を読んで感激し、その頃書いていた週刊誌の連載エッセイに、まだ自分の目では見ていないがと紹介し、この「思いがけない発想」を讃美《さんび》した。

感激した理由はいくつかある。

ひとつには、そのころ世界の様々な葬送と墓について調べていたのだが、土葬から、火葬場で骨にして多くは決められた墓地に埋葬されるようになった日本の葬送文化（のありよう）が世界では案外少数派である、ということを知ったからだ。これは『ぼくがいま、死について思うこと』という本になったので、興味のある方はそちらを読んでいただきたいが、ぼくはこれらの取材をしていて民俗学者、柳田國男《やなぎたくにお》の書いている日本のカロウト式の墓への疑問に大きな刺激をうけた。

カロウト式というのは象徴である家名などを彫り込んだ墓碑の下にある石の箱に遺骨を納める方法である。規模にもよるが一族の誰かが亡くなるとこの納骨箱のなかに納められる。あらたな死者がでるたびに一種の「墓あばき」がなされるのだ。

以前から、法要の参列者が遺骨ではなく、一族の象徴である墓碑に対して手をあわせ祈りを捧《ささ》げる、「たてまえ」といってもいいようなこの日本の埋葬方法とその理念に疑問を持っていた折、このお骨佛のことを知って感動したのだ。そしてもっと多くの人に知ってもらいたい、という思いで週刊誌にそのエッセイを書いた。

するといずれも関西地方の人から数本の手紙を貰《もら》った。

ある手紙は、はたち前後と思われる娘さんからのもので、自分の父親は今年開眼するあたらしいお骨佛に入ることができました。従来の墓石にむかって祈るよりもお骨佛にむかうとき、このたおやかなお顔をした仏さまのどこかに父がいるのだ、という実感が思っていた以上に大きくわたしの胸につたわり響いてきまして、父の遺骨がその中に納まって本当によかったなあ、という感謝の気持ちでいっぱいになりました。

——という内容だった。

読んだあとしばらくしんとした気持ちになるような、正直に自分の思いを語るいい手紙であった。この手紙の娘さんのお父さんは前回の、二〇〇七年につくられたお骨佛になったのだろう。

いざ、なにわの名刹へ

二〇一七年の六月——夏至の日。ぼくは編集者Tと一心寺に行った。竜巻注意報も出ている小雨模様だったが、一心寺はかなりの人々で賑《にぎ》わっていた。
一四体目となるお骨佛が完成し「境内出開帳《でかいちょう》」というおひろめがされているのだ。

あたらしいまっしろなお骨佛が大本堂前に据えられ経があげられている。

本堂となりの骨佛堂には戦後の七体の仏が並んでおり、どれも威厳をもってたおやかに大勢のひしめく参拝者を見守っているように見えた。多角形の屋根つきの香炉からたえず濃厚な線香の煙が左右に流れ、人々はわりあい整然とかなり広い境内を行きかっていた。

『一心寺風雲覚え書き』（一心寺）によると「古来から霊場への納髪、納骨の風習があり、一心寺にあっては施餓鬼法要の際にもち込まれる白骨がいつしか年々山をなすに至り（中略）明治二十年に嘉永《かえい》四年から納骨されたおよそ五万体の遺骨を粉末状にくだき、布海苔《ふのり》を加えて仏像に像立したのが最初である。以降内規で十年毎《ごと》の造立が定められた」とある。

多忙なさなか、長老の高口恭行氏が丁寧に我々の質問に答えてくださった。

問　ずいぶん賑やかで大阪の庶民のみなさんに親しまれている、という印象でした。

高口　わたしが第五九代の住職になったのは昭和四七年ですが、当時は夜二三時くらいまで開いていました。空襲で全焼した戦後の復旧が何十年も続いておりましたし、門といっても外との境界があるようなないようなものでして、夜間、墓地には自由に出入り

お骨佛はすべて阿弥陀仏坐《ざ》像《ぞう》。特殊な技術が必要とされる制作は、江戸時代からの仏師で鋳物師、今村家の当主が代々担当している。増え続けるお骨佛をいかに安置するかが今後の大きな課題という（二〇一七年）

第十四期お骨佛奉安予定処
納骨萬霊

できるような状況でした。治安上は問題ですが、開かれた寺というのは悪くない。わたしは坊主になっても建築の仕事をやっていたなまぐさものですから、その後、あたらしく仁王門をたてるときに、ヨーロッパの町の中心広場のようにみなさんが気楽に行き会えるような場になれば、とわりあいと考えました。

問　歴史的にも重要な存在であったのですね。

高口　もともと一一八五年、平安時代と鎌倉時代の境目の壇《だん》ノ浦《うら》の合戦の時代に法然さんがこられましたので「法然さんゆかりの寺」ということで江戸時代を迎えます。

さらに法然さんを慕って一心寺にたどりついたといわれる本誉存牟というお坊さんが家康《いえやす》公にかわいがられていた縁から家康公の八男の葬儀が行われます。ほかにも家康公によって山号を「坂松山」、院号を「高岳院」と改名授与されたり、ということもあって「家康公ゆかりの寺」といわれるようになりました。一六一四年、大坂冬の陣で家康公は茶臼山に本陣を置きますが、実は茶臼山向かいのここ一心寺が「家康の本陣」にされたといういい伝えもあります。

そんなふうに格調ばかり高く知られていったけれどそのために町寺としての檀家制度をもとにした経済的基盤がつくられていなかったため、経済的には非常に厳しかった時代が続き、幕末の頃には殆《ほと》ど荒れ寺のようになっていたらしい。

甲子園球場四つ分の仏サマが一体に

問　どんな経緯でたてなおされていったのですか？

高口　明治まであと少し、というところで寺の窮状をみかねた本山から再興を担う、いわば破産管財人のような五〇世真阿《しんな》上人がやってきます。俗世離れした非常に面白いお坊さんで喜捨も集まり本堂からなにからつくりなおしましたが、亡くなってみれば莫大《ばくだい》な借金が残っていた。この借金をなんとかせねば、と続いた五一世の品誉《ほんよ》顕秀《けんしゅう》上人がアイデアマンでして、寺社奉行と折衝して、当面、再建に専念するために本山のお役を免じてもらうこと、檀家という「会員相手」だけではなく、宗旨問わず縁ある者は誰の骨であっても埋めてもいいことにすることの二点を暫定的に本山に認めさせたのです。「暫定的に」が今日まで続いているわけですが、以来、施餓鬼法要を年中行うようになりました。施餓鬼法要というのは生前の行いから餓鬼道におち、いくら食べても飢えに苦しむようになってしまった者たちに食べ物や水を与えてその冥福を祈り福徳を積むというもので、通常はお盆のときにやるものですから、これを毎日本堂で営むのは珍しい。

「誰でもお詣《まい》りできる常施餓鬼法要の寺」と、それをめあてに丁稚《でっち》奉公などで大阪に出てきていた田舎《いなか》の農家の次男、三男坊などを中心に多くの方が集まるようになった。ついでに骨も預かってもらえませんか、というようなことで五一世の頃から三代にわたって納められた骨で寺がいっぱいになってしまった。

問　そのいっぱいになってしまった骨がお骨佛になっていくんですね。

高口　ええ。なにかしら丁寧でありがたい祀《まつ》り方はないものか、と思いついたのでしょうが、これは世界でも珍しいようですね。最初の頃は粉にした骨の量をかげんして布海苔で固めてつくっていたといわれています。むかしは作業途中でよけたお骨はお寺の古井戸に埋めたり穴を掘って埋めるというような、まあ庶民的というか、こんなあっけらかんとしたのでいいのかなあ、という方法でつくられていたようですな。いいような悪いような話ですが「あそこは気楽でええわあ」というようなコトになっていたようですね。

問　実際に骨を粉にするにはどのように？

高口　とにかく最初は小槌《こづち》のようなものでコンコン叩《たた》いてできるかぎり細かくする。それから篩《ふるい》にかける。篩に残った分をさらに細かくする。その作業を二回いたしまして次に碾《ひ》き臼《うす》でパウダー状にします。それを茶壺《ちゃつぼ》のような小さな入れ物に保管しておきます。

この作業をわたしはやったことはないのですが粉は舞いますし実際たいへんなもののようです。いざ仏像をつくっていただくときに壺を並べ中のお骨の粉をまとめていく。人骨は粘りがありませんので特殊な技術が必要です。

いままで一体にだいたい一五万体のご遺骨を納めましたが、いちばんあたらしいお骨佛には約二二万のお人が入られました。年々増えるいっぽうなのがなやましくもあります。

問　一〇年分の骨を保管しておいて中身を使うわけですね。空いた茶壺や骨壺はどうしますか？

高口　関西圏は小骨《しょうこつ》といって納骨するにもお骨の全部を納めるのではなく、分骨の習慣もありますから、お骨の量も少ないんです。関東圏のほうからのものは胴骨、全骨が多く骨壺も大きなものになります。茶壺も陶器ですからつぶすのも危険ですしグシャーンというたいへん大きな音がしますので、いまは粉砕機も導入しています。最終的に梅干しぐらいの大きさにして麻袋に入れて保管し、埋め立て地などに使ってもらうために業者にトラックで運んでもらいます。こういうことはあまりあけすけにやることも申し訳ないので、いうたらコソコソとやっておりますね。もちろん、お訊《たず》ねがありましたときは、つつみ隠さずお伝えしております。

じわじわと全国で増加中

一心寺の「納骨冥加料《みょうが》」は、納められる骨の量によって次のように区分されている。

小（小骨、分骨）一万円または一・五万円または二万円。

大（胴骨、全骨）一・五万円または二万円または三万円。

年間約二万人が納骨に訪れ、年々増えているという。

そもそも日本のこれまでの葬儀があまりにも大がかりで、しかもそれにかかるよく意味のわからない費用があまりにも高いこと。生活が葬儀などのふるめかしいしきたりにとらわれていられないほど厳しくなってきていること。都会の若い人などはようやくたてまえよりも本音でモノゴトを考えるようになってきていること、などが理由として考えられるのだろう。

いま日本で一番多い墓は、前に書いたようにカロウト式で、一人ずつ骨壺に入れて普通は永代《えいたい》供養がたてまえになっている。でも一族の子孫があちこち越してしまったり、限界集落などでは人間はみんないなくなり、墓だけ残っている、というようなこともあちこちでおきている。またカロウト式だと結婚した嫁などが亭主より早く逝ってしまうと、殆ど知らない亭主方一族の骨壺ばかりの暗い穴に入っていくことになる。仲の悪い嫁と姑《しゅうとめ》が永代一緒、ということもおきてくる。

その点、お骨佛はとにかく一五万人、二〇万人などという人々と一緒になるのだから
そんな気づかいもいらなくなる。

高口長老は毎朝お骨佛の前でお経をあげるとき一五万人にむかってあげていると思っているそうだ。

「あたらしいお骨佛様は二〇万人以上になりますね。これがどのような数なのだろうかと考えるとき、思いだすのが、学生時代の学校の近くにあった甲子園《こうしえん》球場です。あそこは阪神巨人戦などというと五万人のファンが入ります。その三倍、四倍やと思うのですが、なかなか実感を得るのは難しいものです」

お骨佛造立のノウハウを教えてもらいたいという寺にはすべてを伝えているそうで、いま一心寺に倣ったお骨佛がじわじわと全国に増えているという。

家のいのち

二〇一八年は思いがけない厄介ごとにみまわれた年だった。なかでもいちばんひどかったのが首都高速道路で追突され鞭打《むちう》ち症になってしまったこと。首都高はみんな平気でごく普通に一三〇キロぐらいのスピードで車間距離五メートルもとらずにぶっとばしている世界だ。

ぼくはタクシーに乗っていたのだが、大型のオフロード車（都内をオフロード車なんかで走るな）に後ろからでっかくガツンとやられた。かなりの衝撃だった。すぐに救急車がやってきた。プロによる素早い対応でぼくはストレッチャーに乗せられ、東京の青い空を三〇秒ほど見上げたあと生まれてはじめて救急車で首都高を走った。

追突したクルマの後ろに後続のトラックでもいたら三重、四重のぐしゃぐしゃ事故になっていただろう。その日予定していた大事な用件はフッとんでしまったが、まずは命あってのものだねだろう、とぼんやり考えていた。

そんなことの起きる前にも原因不明の熱病に倒れ（一週間寝ていた。原因はわからないので精密検査をうけた）、いきなりわけのわからない奴《やつ》が夜中に自宅にやってくるのに悩まされた（ストーカーというやつで警察と病院に対処してもらった）。限界集落に行ってまっくら闇の中を歩いていたら田んぼの中にダイビングするように落ちたこともあった。

外は危ないので自宅でじっとしていようと思うが原稿は思うように書けない。街に出て日頃親しい奴らとマージャンをするとヤクマンを二回もフリコム。ああ、これはいつものことか。

人生初の御祓いをす

まあそんなことがとにかく相次いでいた。すると「一度御祓《おはら》い、というものを受けられたらどうでしょう。この連載の一助にもなるかもしれないし」とこの連載の担当者が提案してきた（この人がキレ者でとにかく仕事が早くトラクター並みの牽引力《けんいんりょく》があり、ぼくには逆らう度胸はない）。ぼくは外国の神の山（ヒンドゥ教）に登るために寺院で御祓いを受けた経験がある（山という神の国に行くのだから無事帰還できるように）。日本の神殿における「御祓い」ははじめてだった。どこにするか。簡単な話しあいの末、いきなり何の縁もない神社に行くよりも遠いむかしから家族がかかわっていた、生まれ故郷のすぐ近くにある「駒留八幡神社《こまどめはちまん》」がいいのではないか、ということになった。

生まれ故郷といっても今住んでいる「区」の隣、「世田谷区三軒茶屋《せたがやさんげんぢゃや》」である。タクシーで十数分で着いてしまう。御祓いを受ける前に生家の住所を訪ねた。戸籍謄本と古地図で正確にぼくが住んでいた家の区画を見つけることができた。五〇坪という広い土地には当然ながらもうぼくが生まれた家はなかった。姉や兄に聞くとまわりは高さ一メートル前後の石垣にかこまれ、背の高い松が庭に何本も生えていたという。ひとまわりしてみるとその石垣の残骸と思われるエリアや何本もの松の木があった。たしかにそこで間違いないようだった。ただしぼくが幼い頃によその土地に越してしまったので現場にきてもその家の明確な記憶はない。しかし生まれてまもなく父か母に抱かれてその神社にお詣《まい》りに行ったのは間違いないだろう。

ひとつの時代を生き、そうして消滅していった自分の生家の気配をできるだけ感じようとした。都会のまんなかだが静かだった。視界のすべてに高い松の木のいろんな恰好《かっこう》をした枝や幹がみえる。あれらのもっと若い頃の枝や幹をぼくは幼児の目で見ていたのだろうか。

御祓いの日から数日して、幼い頃に何度も見た「夢」のことを思いだした。きまって高熱を出したときに見る奇妙な夢で、ぼくはサカサマの小舟に乗り、天井の節や模様に導かれるように広い屋敷の中を延々と漂っていく。あれは世田谷の家だろうか。どんな御利益に繋《つな》がるのかわからないが、そんな天井の旅の夢を唐突に思いだしたのが、その神社に御祓いに行ったぼくのとりあえずの成果だったような気がした。

三軒茶屋のその家からぼくはいきなり千葉の田舎《いなか》の町に越した。二軒目は海に近い新築の家だったが敷地一〇〇坪のなかの家だから子供心にもずいぶん辺鄙《へんぴ》なところに来てしまったのだなあ、と思った。でも失望とか寂しさはなかった。

世田谷の家にくらべて新築だからなのか、とにかく明るい環境だったのだ。家もそうだし、あたりの風景も海辺と田畑、そして小さな川が二本流れていて子供が遊び回るには申し分ない環境と家だった。

五歳頃から一九歳までその家で暮らした。いま思えばたぶんあの町とあの風景が自分の精神の骨格を作ったのだろうと思う。

それから幾星霜、ぼくは大人になって、結婚して独立し、二人の子供を得て小さな家庭をつくった。その頃、いろいろ大変だったけれど、自分の生活も、家族らとの日々も、仕事も必死だったたし、今思えばいろいろマンガじみた奮闘努力の数年を送っていた。

四畳半と六畳、台所兼食堂だけの小さな借家だったけれど、夫婦ともあまりにも多忙で記憶がかすんでいる。

やがて妻方の両親が住んでいた武蔵野《むさしの》の三階建ての大きな家に越し、家族は一気に六人に増えた。今になって思うに、おそらく老夫婦と我々四人で共同生活をしていたその頃が、そこそこバランスのいい「家族」であり、老夫婦も賑《にぎ》やかになって、楽しい、と思っていた時代なのだろう、と推察する。

しかしやがて二人の子供たちが大きくなると、どちらもアメリカに留学し家はまた急にひっそりとしてしまった。やがて義父が病没し、それを追うように義母も亡くなった。家族がみんな揃《そろ》ってあれやこれや騒動をおこしながら暮らしている日々なんて人生のなかではほんのちょっとしかない貴重な時間なのだなあ、とその後夫婦二人になって思うようになった。

家の存在というのはそこに住んでいる人の数によって錯綜《さくそう》した人間的ないろあいを作

る。三階建ての大きな家を夫婦二人ではもてあますようになり、その家は近くに住んでいたそこそこ子だくさんの弟夫婦に譲った。いい選択だったと思う。

　ぼくと妻は都心に越すことにした。互いにしょっちゅうヨソの国に旅していたからマンション住まいなら手間がかからずいいんじゃないか、と話しあった。

　そうしていくつかのマンションを見に行った。みんな綺麗《きれい》におしゃれで、ホテルみたいでなかなか快適そうだったのだが、どうもノライヌがいきなりしゃれた場所に飛び込んだみたいな違和感があり、マンション作戦はやめにして都心よりは少しはずれたところを見つけた。

　中古の一戸建てビルで地下はガレージとそれに付随する居住部屋。一階から地上三階。屋根裏部屋から屋上の小さな庭にでられる。夫婦二人ではちょっと大きすぎるかなあ、と思ったけれど、それが「終《つい》の住処《すみか》」というのがわかったのでまあいいや、と思った。

　簡単だが、なぜこのように自分の住んできた家の系譜を書いてきたかというと、家には家の歴史があり、たとえ我々のような戦後の庶民住宅の変遷であってもそれまでそこに住んでいた「人間＝家族」を見守ってきた「家のいのち」のような存在があって、そういう「家の一生」のようなことを少し真剣に考えたいと思ったからである。

時はバブルと言われた時代である、ぼくもまだ若くいろいろなエネルギーに満ちていた。親しい友人と共同で小さな雑誌を発行する会社をつくったり、映画製作の小さな独立プロダクションなども設立した。やりたいことがいっぱいあってあちこち動き回っていたから、今その時代を時系列に思いだすことはできないくらいだ。出版社は地味な存在であり仕事であるが、映画はちょっとするとすぐに億という金がかかる。うまくいくかどうか賭けみたいなところもある。

そこでぼくは請われるままに、資金稼ぎという目的もあってテレビのCMなどに出るようになった。サントリーとかジーンズのエドウインなどである。その頃のCMは普通の映画のように三五ミリのフィルムで撮影していた。数分のCMを撮るのに三〇人ぐらいのスタッフを必要として一週間ぐらいかかることを知った。みんなそれぞれのプロたちだった。ぼくはそこで映画づくりの現場感のようなものを体験していった。人生には多忙が凝縮することがあり、その頃、親しい人にすすめられて北海道に家を建てたらどうだ、ということになった。

山林が安く手に入る、という。その人に案内されてクルマで候補地をいくつか見に行った。四〇代のはじめの頃だった。分不相応ということも気づかずまだ甘い夢を抱いていた頃だった。本も沢山売れていた。テレビのドキュメンタリーなどでよく外国へ行った。行くと一カ月ぐらいは帰らない。あの時代、今と変わらずオロカではあったけれど、今と違うのは気力に満ち満ちていた、ということだろうか。元気のあるオロカ者ほど困った存在はない。

小樽《おたる》からクルマで三〇分ほど積丹《しゃこたん》半島沿いに進んだ所にある山が最終的な候補になった。ふたつの山で数百万だったように思う。低いほうの山の標高五〇メートルぐらいのところを横に切るように平らなところをつくると丁度五〇〇坪ぐらいになった。公道から家まで三〇〇メートルぐらい渦巻きを描くように私道をつくらなければならない。私道の左右の道になる土地も買わねばならなかった。そんな贅沢《ぜいたく》をしていいのだろうかと躊躇《ちゅうちょ》するところもあったが、世の中はバブルでしばし落ちついて自分の行動を考える、という冷静な時間をとる間もなくまわりがどんどん家を作ってしまった。山の上の結構大きな二階建てで地下室も大きかった。冬ごもりの際、食料や燃料などを蓄えるためと聞いた。広い居間の端にいかにも燃えたら暖かそうな薪《まき》ストーブがあり、広い窓からは石狩《いしかり》湾がでっかく一望できた。

そういう家にこもって海を見ながらヘミングウェイのように暮らしてみたい、とその当時ぼくはバブルに浮かれた頭で考えていた。いや愚考していた。

ヘミングウェイにあこがれて

まずは雪のない季節に行った。空港からレンタカーで二時間と少し。高速道路から一五分ぐらいすると北の海が見えてくる。その感動が素晴らしかった。それから町のスーパーに寄って予定している滞在日数を考えながら食品などを買う。同じ日本でも北海道独特の品々があり、とくに魚屋はむかしながらの独立した「魚屋さん」というのが五、六軒あった。北の魚ははっきり違う。缶ビールを二ダースぐらい買って別荘へのループ状になった坂道を登っていく。

何度か行っているうちにこれがルーチン化していった。四日からせいぜい長くて一週間で帰ってくる。初期の頃はそれらのひとつひとつが楽しかった。山の上からキッパリ冷たそうな海がみえる。夜は町の灯《あかり》が綺麗だった。

冬の雪の季節にも行った。レンタカーは四輪駆動車のローレンジギアでないとループ坂を上がることはできない。それも積雪三〇センチぐらいまでで、五〇センチ近くなるともう駄目だ。近くの果樹農園をやっている人が大型のラッセル車を持っていて、一回の除雪を一万円でやってくれることになった。

あるとき街に出るためにラッセル車の出動を頼み、二時間ぐらいの用たしをして戻ってくると降り続ける雪で早くも登れなくなっており、またラッセル車の出動を頼んだ。一番楽しみにしていた雪の季節は買い物に行くのに往復二万円の私道の「通行料」がかかる。これで近所のラッセル車がなかったらクルマが走れるようになるまで籠城ということになる。北の本格的な雪の威力を知らない者には冬に行くのは難しい、という厳しい現実を知った。雪の季節でなくても北海道はやはり遠い。それでも外国から一時帰国した子供らを連れていくと喜ばれたし、いろんな友人もやってきた。

人も家も老化した先に

その頃が北の国の別荘の黄金期だったようだ。やはりネックは遠すぎる、ということだった。やがて一年間まったく行かない、というような年もあった。二泊ぐらいではくたびれるだけだ、という現実があった。それだけこちらが歳《とし》をとってきた、ということなのだろうな、ということに気がついてくる。夏休みに、孫を連れていってそのあたりの海や川や山で遊ばせるのが唯一の楽しみになっていった。

あまり利用しなくなっても固定資産税はかかるし家のメンテナンスや電気、ガス、電

ループ状になった私道を、空に向かってぐいぐい登っていく。山のてっぺんに、母屋とガレージ兼客用の家の二軒を建てた（撮影年不明）

話の基本料等いろんなものが自動的にかかっていく。黙っていてもそこそこバカにならない固定費がずっと必要だ。「流出」という表現をするしかない状態が続いていく。家というのは紛《まぎ》れもなく「生きて」いるんだ、という現実に気がついていったのだった。思えば「うかつ」であった。危機感のない自分がよくわかった。もう以前のように、たとえ短くても滞在することはないだろう、とわかったときにぼくは売却を本気で考えた。

しかし、そのための手続きを官民あわせて担当する人に聞いていくと、三〇分聞いているだけで頭がくらくらしてきた。

必要なくなった家電製品を知り合いに「あげる」というようなこととはわけが違うのだ。ぼくにはとても歯がたたないということがわかった時点で、丁度三〇年前後ぼくの仕事のあらゆるサポートをしてくれているいわゆる「秘書」の女性にすべてその処理を委ねることにした。そのさまざまな手続きのために彼女は一〇回ぐらい東京と北海道を往復しただろう。いったん購入した土地家屋を売る、ということについては、日本は未曾有の苦難の時代に入っていた。

そんなときに、いま日本中を覆う空き家問題についていろいろ学んだのである。これは日本が高齢社会にどんどん進んでいることとモロにつながっている。

家はあっても子供らは跡をつがず、無人と化した家がいたるところに残ってしまい野生動物の侵入や不法侵入者の住み着き、それによる火災など、「家の死」がもたらす危険要素が増大する一方になっている、というわけなのである。

ある調査によると、国内の所有者不明の土地を合計すると九州全土ぐらいの「空白地」が存在しているという。これに、ぼくのような状態になっている地主、家主の土地を加えたらどれほどの面積になることか。都市部で最近問題になっているのは町なかの空き家、廃屋が未処理のまま放置されているケースが膨大な数に及ぶ、ということである。

平成二七年に「空家等対策特別措置法」が施行された。空き家を放置しておくと優遇税制の対象から外されたり、撤去にかかる費用が行政から請求されることもあり、家の解体整理はえらくたいへんだということがわかった。

いま手元に、遺品整理や生前整理の業者のチラシがあって料金相場がだいたいわかる。ぼくは「空き家の大掃除」を（たくさんの人の手を借りながら）やったことになるが、料金をとってこれを代行する業者は、全国に九〇〇〇社ほどもあるという。

北海道の家の場合は、まずぼくの事務所の者が行ってあきらかに処理すべきものを徹底的に片づけてくれた。続いてぼくと妻が行き積み重なったモノから必要とする書籍や取材メモや大切な調度品、いらない衣服、食器、スキーとかバーベキューセットとかキャンプ道具などの仕分けをした。さらに事務所の者が行って処理をし、そのあと業者が入ってベッドや家具などの大きなものを処分していく、というたいそう手間と金のかかる段取りをふまなければならなかった。

それよりももっと大事なのはその土地家屋を購入する人がいるかどうか、という問題だったが一万坪に及ぶ物件だったからこれは難航するだろうと、ぼくは半ば諦めていた。けれど奇跡的な展開があって土地家屋を買ってくれる人がいた。三〇年のあいだいくつか修理したがもともと堅牢《けんろう》に作られており通算して一〇〇泊もしていなかったところなので、少し手を入れると自分でもびっくりするくらい綺麗に復元された。家はまだ生きていた。

遺骸と地獄好き

近頃は葬列というものを見なくなった。そうとう田舎《いなか》の小さな村とか島などでは風習としてまだ行われているところもあるのだろうが、とりあえずぼくはここ何十年も日本では見たことがない。これは葬儀が住宅の構造などで、自宅であまり行われなくなった、ということと、それに密接にからむ病院での死が圧倒的に増えた、ということが関係しているように思う。

現代のヒトの死にかかわるひととおりのしきたりは、葬儀会社が一貫して代行することが殆《ほとん》どとなった。公営の斎場もあるにはあるが、たてこめば葬儀はその会社の経営する葬儀場や斎場で行われ、遺体の火葬場および墓までの移動にはたいてい自動車を使うから、葬列が人々の目にふれにくくなっているのだろう。だから一般生活をしていると、いきなり他人の死に触れることは極端に少なくなった。人の死は妙に社会の日常風景から隠蔽されている。

途上国などに行くとまだしばしば葬送の行列に出会う。それには宗教やその国の自然や風土などが関係していることが多いからのようだ。日本のように遺骸を焼却する設備のない国の場合は土葬、風葬、水葬、鳥葬などがまだ行われている。

インドシナ半島のラオスとカンボジア国境付近で見た風葬はジャングル葬とも呼ばれていた。これは遺体をジャングルの中に作った粗末な櫓《やぐら》の上に乗せて、その場で伝統の葬送儀式を行ったのち遺族や関係者はジャングルを出る。

ヤグラの上の遺体は太陽熱や風や鳥や獣、虫やバクテリアなどにまかせるというもので、遺体はやがてヤグラとともに朽ちて大地と同化していくが、その過程を観察、確認する風習、およびしきたりはないようだ。

さらにそのエリアでは土葬という考えはないようだった。ラオスの識者に聞いた話ではヤグラを組んでその上に乗せて放置するのは、我々の理解でいえば「天国」により確実にいける仕組みなのだという。

人が死ぬと土葬して遺骸を大地に委ねる（もどす）、という考えの国はけっこう多い。けれど同時に土葬を嫌う宗教や習俗の国もかなりある。そこには地中は不浄、という考えがあるようだ。ゾロアスター教は火を崇《あが》める宗教だが、死んだ者を燃やせば火が穢《けが》れる。土葬にすると土が穢れる。水に流せば水が穢れる。風葬にすれば風が穢れるという観点から遺骸をハゲタカなどの鳥に食わせる、という独特の思考で鳥葬を行っている。後の章でくわしく述べることになると思うが、同じ鳥葬を行っているチベットなどとはまるで逆の思考だ。

絶世の美女の死骸で修行

仏教の観想のひとつに、心身を悩ますもろもろの煩悩を退ける修行がある。その最たるものが不浄観であり、人の死を、腐乱から白骨化するまでじっくり観察して思考の深みに至る九相観《くそうかん》（九想観）という修行があるという。その仏教修行の主題を描いた九相図（九想図）絵巻には、西域や中国を含めて生まれた場所も時代もさまざまな作品が残されているが、日本のそれは「天台止観《てんだいしかん》」「摩訶《まか》止観」の影響がもっとも大きいようである。というように『九相図をよむ』（山本聡美《やまもとさとみ》、角川選書）は内容をしっかり理解するにはぼくには難しすぎる本だったが、九相図そのものについてはそのまま受け止めていけばいいのだろう、というふうに理解した。

なんとか読み取ったのはいかに優れて美しい人であってもその生体を包んでいる皮を一枚一枚剥ぐことによって見る者があとずさるような凄《すさ》まじい生体破壊のありさまが見え、煩悩も失《う》せていく。我々はそこから人の生と命の消滅の過程を現実のものとして感じとればいいのだろう、ということだった。

同書では現存するものでもっとも有名な九州国立博物館所蔵の「九相図巻」をはじめ、様々な絵巻が紹介されている。

「九相図巻」がかつて東京国立博物館に「小野小町装衰絵巻《おののこまちそうすいえまき》」として出品されていたと記されている。美貌を誇った小野小町が晩年は老衰と貧困に苦しみつつ各地を流浪したとの小町落魄譚《らくはくたん》の伝説からきている、という記述もあるという。とはいえこの九相図は誰がなんのために描いたのか、ということははっきりしていないらしい。

同書にはその「九相図」の一部が巻頭にカラーで紹介されており、さして予備知識もなくそれを目のあたりにするとかなり動揺する。

九相図の内容　（『九相図をよむ』からそのままひく）

①脹相《ちょうそう》　これらの死屍《しし》は、顔色が黒ずみ、身体は硬直して手足が花を散らしたようにあちこちを向く、膖脹《ほうちょう》した身体が風をはらんでふくらんだ革袋のようである。九つの孔《あな》からは、汚物が流れ溢《あふ》れ、はなはだ穢れ醜悪である、行者は自らおもう、我が身もこれと同じであるし、未《いま》だ愛着を断ち切ることのできない愛人もまた、これと同じである。この相を見れば、心が少々定まり徐々に落ち着くのである。

②壊相《かいそう》　またたく間に、この膨脹《ぼうちょう》した屍《しかばね》は、風に吹かれ日に曝《さら》されて、皮や肉が破れ壊れ、身体が坼裂《たくれつ》して形や色が変わってしまい、識別不可能となる（略）

③血塗相《けちずそう》　坼裂したところから血が溢れ出る。あちこちに飛び散り溜《たま》り、所々を斑《まだら》に染める、溢れて地面に染み込み悪臭が漂う（略）

④膿爛相《のうらんそう》　膿爛し流れ潰《つい》える死体を見る。肉が溶けて流れ、火をつけた蠟燭《ろうそく》のようである（略）

⑤青瘀相《しょうおそう》　残りの皮やあまった肉が風や日に乾き炙《あぶ》られ、臭く腐敗し黒ずむのを見る。半ば青く半ば傷んで、痩せて皮がたるんでいる（略）

⑥噉相《たんそう》　この屍が狐《きつね》、狼《おおかみ》、鵄《とび》、鷲《わし》に噉食《たんじき》されるのを見る、肉片を奪い争い、引き裂いて散り散りになる（略）

⑦散相《さんそう》　頭と手が異なるところにあるのを見る、五臓が散らばってもはや収斂《しゅうれん》しない

（略）

⑧骨相《こっそう》　二種の骨があるのを見る、一つは膿膏を帯び、一つは純白で清浄である。ある時は一具の骨で、またある時は散乱している。

⑨焼相《しょうそう》（『摩訶止観』には名称だけが記載されており具体的な記述がない）

九相図修行と人捨て場

人間が人の遺骸を穢れたものとして遠ざけるのはこうした異形《いぎょう》のものに変化していくさまを本質的に恐れた、ということが関係しているようである。

江戸時代の頃まで江戸や京都など人が沢山集まっていた町の谷や山や沼など土地として機能しない荒れ地には行き倒れや無宿人など身寄りのない人が捨てられ、山犬や鳥たちによって食い荒らされる場所が沢山あって、人々はそういう遺骸の朽ちるさまをけっこう頻繁に目にしていたらしい。そういうところはもっぱら「人捨て場」となっていき、庶民たちは立ち入るのを恐れたという。

『江戸の町は骨だらけ』では、チベットやパミール高原、ネパールなどで行われている

「鳥葬」が日本で自然発生的に見られるようになり、古い地誌をみると例えば京都の鳥《とり》邊野《べの》一帯、とくに六つの原が続く六波羅野《ろくはらの》はそのむかししゃれこうべが一面に散乱する「髑髏《どくろ》の原」だったと書かれている。今では観光コースになっている嵯峨野《さがの》の、とくに化野《あだしの》の念仏寺《ねんぶつじ》付近などはむかしは人捨て場になっていたという。

「烏《からす》は都市を象徴する鳥であり、（略）『全国地名辞典』九六年度版（人文社）で、『からす』という発音の地名を調べると（略）全国で四十六カ所ある（うち、京都に七カ所）」

（『江戸の町は骨だらけ』）

　江戸でも実態は京都と変わらず、地名に「鳥」や「谷」がついているところにそういう痕跡があるらしい。

　むかしぼくの仕事場が麹町《こうじまち》にあった頃、何も書けないスランプのときなど夜中に近くをよく散歩したものだが、あとになってそのあたりはむかしは雑木林で人間の遺体や骨がゴロゴロしており「地獄谷《じごくだに》」と呼ばれていたらしい、と知った。しかし開発されるにしたがって地獄谷ではまずいだろうというので「樹木谷《じゆもくだに》」と地名が変更され、いまはまた違った地名になっている。お屋敷町になっていてそのおもかげもないが、ぼくはそのむかし遺体や骨が散乱していた土地を真夜中に散歩していたことになる。このような人捨て場は全国に沢山あった、とこの本の著者は古い地誌などから具体的に述べている。

ところで「九相図」は誰がなんのために描き誰がなんのためにそれを見たのだろうか、ということが謎である。『九相図をよむ』では誰がなんのため、ということにふれてはいるがそのことの明確な記録はないようである。

「玄奘《げんじよう》が唐《とう》代に漢訳した『阿毘達磨大毘婆沙論《あびだつまだいびばしやろん》』という小乗《しようじよう》仏教の注釈書に、九相観の実践方法に関する次のような説がある。

九相観を行う者は、先《ま》ず塚間《つかま》(墓場)に行って死屍の青瘀《しようお》等の相を観察し、よく相を取り終われば、その場を退いて一処にて坐《ざ》し、重ねて彼《か》の相を観想する。万一心が乱れて、相が不明瞭となれば、再び塚間におもむき前と同じように観察し、しっかりとその相を会得しなくてはならない。(『大正蔵』二七、二〇五b)」(『九相図をよむ』)

著者はこう解説する。

「これによると、九相観とは、実際の死体を見てその形状を脳裏に記憶し、一度僧房に戻って心を落ち着けて瞑想《めいそう》をするものであった。死体のイメージが不明瞭になってしまったら、再び実物を見て、記憶を補強することが勧められている。実物の死体はあくまで観想の補助であり、修行そのものは、自らの脳裏に刻んだイメージによって達成されることに注意しなくてはならない。九相観とは、厳密には『死体を見る』修行ではなく、

『死体のイメージを想《おも》いうかべる』修行なのである。」（同書）

日本人は地獄が大好き

同じ腐乱死体を見ても僧侶はそれを修行の源あるいは糧にするが、一般的にはそこに地獄の断片を見ていたのかもしれない。そしてその先に庶民の死生観が生まれる。江戸時代におおいに流行《はや》り沢山の参拝者を集め、今日も夏の祭礼などには全国から信仰者を集めて賑《にぎ》わっている「恐山《おそれざん》」は青森県下北《しもきた》半島中央部に位置する。周囲を大尽山《おおづくしやま》（八二八メートル）など高い山が外輪山として取り囲み、死霊、祖霊が集まるところと信じられている。その中央に直径約三キロのカルデラをもっている。火山の噴火はなかったが中央に宇曽利山《うそりやま》湖（恐山湖）があり、湖から流れる川は津軽《つがる》海峡にそそぐ。湖の周囲に多数の噴気孔や温泉があり、付近の岩石は黄白色に分解して変質しており異様な光景を見せている。シャクナゲ以外の植物はなく噴気孔からの蒸気の音だけがしんと静まったそのあたりを支配している。

その火口湖の周辺は極楽浜と呼ばれているが、広い面積をもつ異様な光景の石のつらなるカルデラには血の池地獄、無間《むげん》地獄、重罪地獄などが点在し、現世で見ることがで

恐山・宇曽利山湖畔の「極楽浜」。地獄めぐりのあと極楽に寄り、温泉につかる、まさしく古来のテーマパーク（二〇〇四年）

きる地獄、極楽として参拝者を集めてきた。

ここでは夏、秋に祭典が開かれ、とくに夏には死霊供養が行われるので「イタコ」による信者の先祖からの伝言「口寄《くちよせ》」などが人気になる。

ぼくがここに行ったのは五月であり、気候はよかったが平日ということでもあったからか地獄めぐりの信者の数も少なかった。それだけにその異様さはなかなかのもので、水子供養の地蔵のそばに風車があってそれが自然にカラカラまわり、カラスなどがその上に舞い降りてきたりしてなかなか刺激的だった。

けれど想像していたよりも全体の規模は小さく、ことに来場してすぐのところにある血の池地獄の端で係の人が赤い塗料らしきものを流して血の池を作っているのを見てしまったりでどうもタイミングが悪かった。

ここにやってくるにはレンタカーを使ったが峠を登りつめたところから恐山の全容が見えるようになっている。そこから入り口まで一〇分もかからなかったが、クルマなどない時代に苦労して峠を登りつめ恐山を遠望した信心深い人にとってそこに到着すれば恐れと癒やしがないまぜになった異空間が迎えてくれるものと考えたことだろう。ぼくはそのことを思い「これは江戸時代のテーマパークではなかったか」という小文を書いた。

ある程度の歳《とし》になると自分はいつか必ず死ぬ、それは逃れられない事実だ、ということを考えるだろう。人によっては死後の世界についてまで真剣に考える。

現代人が、死後の世界に地獄と極楽の両極があってそこはどんな状況、風景、体感をもつところだろうか、とどのくらい本気で考えているのか、ということはよくわからない。曖昧なままそこに宗教や信心という事柄がかかわってくることはあるだろう。

九相図のことを記述しているときに、遺骸のところにかよい、朽ちていくまでを子細に観察し、それを脳裏に溜《た》めて思考を深める、という行為を知って、その修行に没頭した僧侶の死生観を知りたい、と思った。考えられることはその修行を積んだ僧侶もやがて確実に死にいたるだろう。そのときに自分の「死」を怖いと思うのかどうか。

そのあたりに死と信心の本質的なものが存在しているような気がする。

どうも日本人は「地獄」が好きなようである。いや自分が死してたどりつく先、という意味ではなくて、そこがどんなところなのか。誰もしっかり見てきたという話はしないし、現在も地獄と極楽があるのならなんらかの方法でその世界の風景の写真ぐらいは電送されてきてもいいような気がする。

でも「地獄からの便り」を手にした人はまだ誰もいないようであるから相変わらず「見てきたように」想像するしかない。

それでも地獄は怖いところだ、というむかしからの伝聞は子供たちにはストレートに受け継がれているようだ。

ここに「地獄めぐり」の絵本がある。数年前にバクハツ的に地獄モノの絵本が子供たちに読まれたらしい。ちょうどこの原稿を書いているときに孫である小学校三年生の男の子がやってきたのでそれを見せた。少年は目を輝かせ、小さな弱々しい人間が恐ろしい形相をした鬼たちにいたぶられているところを「すげえ」などといいながら読んでいた。その様子を見て彼にとってはそこに描かれているのは異次元への旅のほんの一端でしかないのだな、ということがよくわかった。

大人たちの地獄好きは落語などの演目に人気がある、ということからよくわかる。「地獄八景亡者戯《じごくばっけいもうじゃのたわむれ》」桂米朝《かつらべいちょう》。その弟子筋である桂文珍《ぶんちん》の「地獄八景亡者の戯れ」はやや質は違うがどちらも笑わせてくれる。とくに文珍の噺《はなし》が現代感覚でハメをはずしておかしい。どちらも地獄という異なる空間への親しい仲間との旅行きだ。地獄を笑いの舞台にできる文化は素晴らしいような気がする。

四万十川での死

映画『四万十《しまんと》～いのちの仕舞い～』を見たのは、新宿《しんじゆく》の K's cinema でその映画を見てきたぼくのつれあいが、夕食のときに「静かで深い、身と心にしみわたるような作品だった」と話していたからだ。

この頃わが妻は時間があると、何の案内を見てあるいは聞いて知るのかわからないが、都内の比較的小さな劇場で上映されている上質な映画をさがしだしては家事のあいだに素早く見てくるようになった。そして夕食のときなどにその感想を話してくれる。

彼女が福島の仮設住宅で暮らすようになった被災者のもとに通いだしたのは二〇一一

年の八月からで、いまだに毎月行っている。そこでは沢山の被災者と会って、震災から今日までの苦難にみちた体験や現在の心境にいたるまでの話を聞き書きとしてその都度まとめ、発信している。多くの人に何度も会っているから仮設で暮らす被災者の知り合いが増える一方だ。

わが「つれあい」のことをこのようにのっけから語るのはどうなんだろうか、という戸惑いもあるが、この「エンディングノートをめぐる旅」という、ぼくには少々重いテーマの連載を続けるにあたって、これまで傍観してきたつれあいのことをきちんと書かねばならないだろう、と考えていた。とくにいつか書こうと予定している特殊な死生観とチベットの鳥葬についての話では、ぼくが彼女から聞きとらなければわからない話がいっぱいあるので、その前提として今回から書いていくのがいいかもしれない、と思うようになった。

わが「つれあい」と入会した「会」

自分の妻の発言や考えていることなどを正面から書くのは初めてであり、そうとうに戸惑いがあるが、話の方向としてそれしかない、と思うようになった。

妻はもともと激しい行動派の人であり、一度目標をもったらとことんまで突き進んでいく、という女性で、ぼくはその傍らでおろおろしていることがしばしばだった。

たとえばこの数週間、彼女は朝早くから裁判所に出掛けている。安保法制違憲国家賠償請求訴訟の原告の一人でありその裁判の傍聴は欠かせないからだ。相変わらずぼくは生活時間がめちゃくちゃだけれど、遅い朝、というより昼に近い時間に起きると、いつもちゃんと朝食の用意がされている。メモがあって、その日の朝食の説明、その日の自分（妻）の行動と帰宅時間などが書いてある。

さらにしばしば互いに仕事のための小さな旅（一〜三日とか）があるので同じ家に住んでいてもすれ違いの日々というのがけっこうある。だから互いに夕食の食卓についている日などはいろいろ話すことがある。他愛のない日々のすれちがい生活を円滑にする、つまりはまあ〝業務連絡〟から、今回のように連載仕事のテーマを見失っているようなときに、それにぴったり合致するような、つまりはつい最近見てきた映画の情報を伝えてくれたりするのだ。

ありがたいことであり、そのようにしてこれまで幾多の生きたサポートを受けてきたかわからない。来年の五月は我々の五〇回目の結婚記念日があり、まあ「金婚式」だ。ここまでとにかくさしたる破綻もなく（波乱はあったが）互いに健康に生きてきたから、その記念すべき日までこのまま元気で生きていきたいと思う。

この連載をはじめる少し前にどちらからともなく我々の「墓」をどうするか、という話をするようになった。わが家の菩提寺《ぼだいじ》は静岡の千本松原にあるのだが、何度も墓参りに行っているうちに、日本の墓の、世界でも珍しいカロウト式の、いつまでも墓石の下の「骨箱」に納められていることには抵抗があった。先祖からの人々の骨壺《こつつぼ》がならんでいる暗い穴のなかに、新参の骨としてその隅っこに入れられるのだ。そこにどのくらいいるのかわからないが、終《つい》の住処《すみか》とするのはあまりにも暗く寒々としている気がしていた。とくにぼくは異常なくらいの寒がりだし。

そんな話をしていたあとに妻が「葬送の自由をすすめる会」というものがあって、そうしたカロウト式などの習俗にとらわれない、自分の最後の「いきどころ」を自分の意志で選ぶという考えのもとに生まれた会であるという。そこに我々は入会した。

ときおり想定しフルエルこと

つい最近、週刊誌などでたて続けに、妻に先立たれた夫の慟哭《どうこく》に近い深い悲しみと戸惑い、ひいてはそれ以降の自分の生き方が見つからず苦悶《くもん》している、という記事を見て、自分のことにあてはめて考えてみた。

これまで男より女のほうが長生きする、というデータや、妻はぼくより一歳下であるということ以外さして確固たる保証も何もないのだが、自分のほうが確実に先に逝く、というふうに考えていた。我々の場合はそういうことになるんだ、と。

繰りかえすが、その思いにはなんの確証もないのである。ただ行動派の妻の生き方や健康管理にかんするアレコレが確実にぼくよりしっかりしており、規則正しい生活を続けている、という毎日をまのあたりにしているから、そうに違いないと思いこんでいる所詮は虚《むな》しい「ひとりごと」にすぎないのだ。

もし、ぼくが妻に先立たれたとしたらどういうふうになるのだろうか。そういう思いはたちまちうろたえるほど恐ろしいことであった。

そんな気分になっているところに冒頭書いた『四万十』という映画を見ての感想を妻が語り、ぼくも早速それを見たのである。

四万十川は四国高知を流れる清流であり日本としては大河のひとつに数えられる、美しい自然とそれにともなう豊富な生命に溢《あふ》れる素晴らしい川である。

ぼくはこの川にはずいぶんお世話になった。野田知佑《のだともすけ》さんという日本には珍しい天空

久しぶりに訪れた四万十川は霧に包まれていた。何度も通ったがこんな幽玄な姿は初めてだった（二〇一二年）

自由人のような川（カヌー）の旅人と何度か三泊四日ぐらいのカヌー旅をしてきたのを発端にぼくはこの川の水中によく潜ってきた。清流を美しく生きる魚などの生命をレポートするテレビのドキュメンタリーなどの仕事だった。

またある年にはバクハツするようにいきなりそんな気分になって仲間を集め、今思えば稚拙な一時間ものの映画まで作ってしまった。その後もなんのかんのと用を見つけては延べ半年間ぐらいこの川に触れていただろう。

映画『四万十』はこの川にかかるもっとも有名な橋といっていい通称「赤鉄橋」の近くにある大野内科の院長である医師、小笠原《おがさわら》望《のぞみ》さんの実に真摯なまごころに満ちた医療活動と、その背景に広がる日本一の清流のゆるぎなくも繊細な四万十川の自然を一体化させて流麗に描いた感動的な作品だった。

最大のテーマは「人が生きること」、そして「死すること」。すべての人に平等なこの大きなテーマと、清流の変わらぬ日々がしっかりやさしくからみあって、この映画の根幹をなす「人の生死も自然の消長も一緒」というおおらかなものにとりこまれていく快《かい》哉《さい》がある。

簡単にいえば、やがてくる死を思うと辛《つら》いけれど、生きてきたことだって辛いことが多かった。でも生きていて辛いことのなかにはそれに勝る楽しいことがあった。というすべての人間に通じる真理がひとつの流れになっていて、それが結果的に生きてきて死を迎えつつある人と、それを見守る近親者のやすらぎになっていく様を描いている。

大野内科には毎朝早く近隣からやってきた沢山の患者さんが並ぶ。小笠原さんは一日中それらの患者さんを診察し、水曜日と土曜日（当時）には軽自動車に乗って、病院まで来られない、つまりは在宅患者の往診をする。

いいお仕舞いでしたねえ

映画はこの往診のあたりから始まっているのだが小笠原医師のなんだか「神様」の容姿を連想させるきれいな白髪と、やさしくやわらかい語り口に魅了される。

患者さんの多くは布団の上や車椅子だが、どの患者にも小笠原さんはまず「どうですか？」とやわらかく聞いていく。なかにはその語りかけに答えることもできない重篤な患者さんもいるし、いかにも辛そうだけれどある程度自分の状態を答えることができる病人もいる。注射が嫌いで血液検査のための採血がなかなかできない患者さんもいる。

さまざまな病気、さまざまな患者さんにたいして小笠原さんが決して無理なく対応していく様子を映画は淡々と、医師と同じような視線でそのありさまをとらえていく。

ある患者さんはもうそうとうに疾病が悪化していて、往診するたびにその衰弱ぶりが映像を見ているシロウトにもわかる。

そういう考え方がないのだろうと思うのだが、大きな病院で行われているような延命措置はいっさいとられず、家族の意思にも呼応して小笠原さんは、そのやわらかい語りかけももう聞こえていないだろうと思える死の寸前にいるような老婆に、やはり同じようにずっと優しく語りかけている。

四万十には「いい仕舞い」という言葉があるという。人生のおわりにその言葉が語られるようだ。

小笠原医師の静かな語りかけのなかで、衰えた老婆が息をひきとる重い場面がある。それをじっと見つめるこの映画のカメラの「視線」は、小笠原さんのごくごく自然で優しいふるまいと同じようにやわらかく一人の死を見つめているのが伝わってくる。

劇映画などでは描写しきれない本当の一人の死の瞬間をこれほどさりげなくとらまえている映像はめったにないのではないだろうか。

苦しく弱々しい呼吸になり死にむかっていった老婆の手に触れながら、小笠原医師はまわりをとりかこむ親族のなかでこう言う。

「ああよかったね。ご苦労さまでした。いい仕舞いでしたね。ありがとうございました」

そのように言って、もう息をしなくなっている老婆に深々と頭をさげる。

この映画のパンフレットに寄稿している花園《はなぞの》大学の佐々木閑《ささききしずか》教授は「私的解説」と題したコラムに「どんな死に方をしたいかと尋ねられたなら、一も二もなく『この映画にあるような死に方がしたい』と答えよう。自宅の寝室で家族と過ごしながら、時折たおやかな感性のお医者様が通ってきてくれて、血圧計ってもらって世間話をして、『なるほどこういうかたちで私の生は終わっていくのか』と、気負いも後悔もなくゆっくり土に帰っていく。ため息が出るほどの安らぎ。こんな死に方、現代においては望むべくもない贅沢《ぜいたく》かもしれないが、少なくとも四万十にはそれがある」と書いた。

友との別れ

世の中には不思議なタイミングというのがあるもので、この原稿を半分ぐらい書いたところで宅配便が届いた。どっしり重い段ボール箱のなかにはなにかがゴロゴロしている。差し出し人は四万十市の下田《しもだ》に住む人で、知らない名前だった。でも小さく旧姓、岡田《おかだ》と書いてある。箱の中身はみごとに丸々とした、沢山の文旦《ぶんたん》であった。四万十川のあたりでは春にたくさん食べられる豊かな果実である。

ぼくが四万十川に行くたびに必ずお世話になった岡田孝夫《たかお》さんの奥さんからの贈り物であった。

いやはや岡田夫妻には本当にお世話になった。最初はダイビング技術にたけている岡田さんに案内されて四万十川の河口で産卵したばかりの鮎《あゆ》の水中での生態を撮影するためだった。ぼくより少し歳上《としうえ》で、顔がぼくに似ていると言われていた。

四万十川の中流域である口屋内《くちやない》のあたりを舞台にして一六ミリの発作的な映画を撮影していた一〇日あまり、あらゆることで岡田夫妻にお世話になった。その映画は岡田さん夫妻の知り合いが大勢きてくれて、スタッフ（二〇人ぐらいいた）の食堂施設や安く宿泊できる場所さがしなどとにかく岡田さんと知り合いでなければ何もできない、という状態で無謀にも取り組んでしまったのだった。ぼくのところに文旦を送ってきてくれた岡田さんの奥さんは、川原に作った臨時便所が汚れると雑巾できれいに拭いたりしてくれた。スタッフの中には「際限のない親切な心の人たち」と感動して言う者もいた。

その岡田さんを紹介してくれたのは写真家の中村征夫《なかむらいくお》さんだった。我々三人は四万十川からその先の海までよくダイビングに出掛けた。だから四万十川にいけば必ず楽しいことがある、という気持ちがいつもあった。

いまから一五年ぐらい前、その岡田さんがいきなり膵臓《すいぞう》がんで倒れた。本人に何も自覚がないうちに最悪の病が進行していたらしい。隠れたがんだったらしく思いがけない速さで病気は進行し、ぼくと中村さんが見舞いに行こうとしているうちに余命一カ月などという連絡が入った。

我々は予定を半月早め、日帰りながらもとにかく彼の入院しているところに見舞いにいった。彼は頑健な男にはまるで似合わない病人の服を着て狭い病室にいた。四万十川のそばに建てられている病院だったけれど、部屋のむきは反対だったので、窓からは町なみしか見えなかった。

もう医師から決定的なことを言われている病人をお見舞いするのは辛い。これからどうしよう、何をしよう、という話が殆《ほとん》ど何もできないからだ。仕方がなくぼくと中村さんは三人で行ったそのあたりのいろんな海の中の話や口屋内でのキャンプでやったカツオのタタキの基本である「藁焼《わらや》き」の話などをぼそぼそ言うしかなかった。

そういうときの話は、どれも一瞬気持ちが軽くなって楽しい思い出を語り合うことができるけれど、数分後にはみんなで黙ってしまうのだった。

高知の中村市《なかむらし》（現、四万十市）から空港まではかなり遠い。そこまでは電車でいかなくてはならず、我々の帰りの時間はどんどん迫っていた。帰りぎわでの会話が難しかった。

普通なら、また次はいついつにあいましょう、などと言えるけれど、そういう会話にはならないのだ。その病室を出るともう生きている岡田さんとは会えなくなるのがわかっていたから、双方じつにぎこちない別れの挨拶になった。

帰りの列車のなかでぼくと中村さんはウイスキーの小瓶を一本ずつ買って、それぞれチビチビしたラッパ飲みをしていた。

中村さんは窓側に座っていた。ぼくも中村さんも殆ど会話はなく、チビチビのラッパ飲みをしながら双方途中で飲みつくしてしまった。互いに少しずつ涙を浮かべていた。

こういう友との別れも人生なんだろうなあ、とそのときぼくは思った。

孤立死はいやだ

二〇一八年は年明けから春にかけて各地で厳しい天候が続き、東京では春になっても冷たい雨が降り続く日が多かった。

現在の住処《すみか》で暮らすようになってからぼくは新宿中央公園の脇の道をぬけて街の中に入っていくことが多いが、ブルーシート囲いのホームレスの人々の仮住まいや、歩道の陸橋の下などでもうまい具合に段ボールハウスなどを組み立てている人々などをしばしば見て、雨のときなど「大変な苦労だろうなあ」とつくづく思っていた。

そんな折々にこのシリーズの連載がはじまり、ホームレス生活を余儀なくされている人々の話を側面からいろいろ知るようになり、そのなかで「孤立死」「孤独死」という言葉が頻発しているのが気になった。

今の日本の行政措置の基本はどう見ても弱者排斥という非情なところに向いていて、ホームレスが段ボールや端材を使って公園などに自分の仮の住まいを造るのも並大抵ではない、ということをよく聞いていた。

森林公園などにブルーシート囲いの仮住まいがいくつかできてくると狙いうちのように一斉撤去の強制指導がきて、それらの仮住まいの人々が大勢集まって共同体などを造らせないように牽制《けんせい》をするようだ。

ホームレスの人々は孤立し、むかしふうにいえば孤独な無宿人として肩身の狭いところにどんどん追いやられているようにみえる。行政のいたるところにおける「弱き者」への冷淡さはたとえば公園に行くとよくわかる。

ベンチなどの多くは真ん中のところに区切りを作って簡単には壊れない障害物を作っているのをよく見る。

これは恋人たちが二人ずつなかよく分けて使いなさい、というような甘いはからいなどでは断じてなく、ホームレスをその上で寝そべって寛《くつろ》がせないための「仕切り」なのだ。その非情ないやらしさはおそらく世界でも日本だけしかやっていない底意地の悪さだろうとぼくは思う。

ずいぶんいろんな国に行ったがそんなヘンテコなベンチ見たことがない。行政の考え方の中心は「弱者排斥」であるということをあのベンチの真ん中の突起があからさまに示しているのではあるまいか。

「弱者排斥」という基本的な行政の思考のもと各地の公園などに住み着いているホームレスはいまどんどん外に追いやられ、そこらの町の隙間に造った段ボールやビニールハウスはたいがいなんらかの排斥勧告を受けているようだ。

高齢化問題は路上にも

新宿や上野《うえの》など、むかしからそういうホームレスの人々が多く集まるエリアには、長くてもせいぜい数日、という「日雇いもしくは短期労働」の雇用があったと聞いていたが、今はどうなっているのだろうか、ということを知るために通称「山谷地区《さんや》」を取材した。

知らなかったが「山谷」という地域名は約五〇年前に地図から消えている。

以前の先入観に満ちたイメージのように、その界隈《かいわい》いたるところに日銭を得た人や日雇い職にあぶれた人がぶらぶらしたり昼から寄り集まって酒を飲んでいる、という光景はまるでなく、むしろ道路も家並みも整然としてひっそりしていた。その日は春とはいえ寒の戻りのように空気が冷え込んでいて予想していたような山谷的な全体の活気というようなものがまるでなかった。

その大前提として、今はかつてよく目にしたような日雇い仕事も少なく、同時にそういう職を求める人もかつてと比べると激減しているからだろう。さらに〝路上〟でも高齢化が進み、地方の過疎問題と同じく都会の限界集落化している面もあるということを事前に聞いていた。

いくつものNPOや宗教系の団体の支援や援助がこのあたりのホームレスの人々や簡易宿泊所に住む元ホームレスたちの拠り所《よどころ》になっているのは変わりないが、そこにさらに「高齢化」と「死」というものがからんできているようなのだった。

今回、取材の窓口になってくれたNPO法人「山友会《さんゆうかい》」のホームページを中心にその現状を概観していこう。

定住所を持たない人たちは保険証を持っていないことも多い。過重労働や怪我《けが》などで治療の必要があっても病院に行けない、行かない人も多かった。若いときはまだいいが、歳《とし》をとれば長年の栄養不足、酒の飲み過ぎなどで体を悪くする人々も増え、肝硬変、高血圧、糖尿病などの持病を抱えて倒れる人が増えていった。

そのような厳しい問題に少しでも応えるために一九八四年に無料診療所をメーンとして生まれたのが山友会だった。

当初は玉姫《たまひめ》公園のそばの木造二階建ての建物で、クリニックの運営をしながら一〇〇人分以上の炊き出しをしていた。しかしそこはわずかな暖房設備しかなくすきま風が入り込み、ネズミが走り回っているようなところだった。冬の間だけだったが浅草《あさくさ》近くの古い幼稚園を借りて約四〇人が宿泊できるようにした。

一九八五年に三ノ輪《みわ》駅近くに移転。そうこうしているうちに炊き出しやクリニックの利用者が増え、医師、看護師、ボランティアスタッフの人数も増えていった。しかし、利用者が増えたことにより近所からのクレームが続出したらしい（いろんな理由はあるだろうが、この小市民と名乗るフツーの生活をしている近所の人々、というのもきわめて日本風に冷淡である）。

そこで山友会自身で土地を確保せざるを得なくなり、一九八九年、清川《きよかわ》に三階建ての建物を建て、支援を必要とする人が寄り集まることができる場所をつくり今に至る。

日本経済の発展とともに日雇い労働者が従事できる軽い仕事も減り、バブル崩壊後やリーマンショック後は五〇代、六〇代といった年代だけでなく若い世代の失業者も山谷周辺に集まってくるようになった。そしてその頃から隅田川沿いにブルーシート囲いの仮住まいをするホームレスも増えてきていた。

しかし日雇い労働事情はこのあたりからさらに厳しくなり、仮の住処を得ても満足な仕事にありつけずもっぱら山友会の炊き出しやクリニックにかよう人々が増えていったという。

いままでなかなか得られなかったほぼ同じ境遇の〝仲間〟とささいな世間話をする喜びを得る場所になっていった。必要なのは毎日の食べ物や寝場所は勿論《もちろん》のこと、そうした「人間同士の会話」があるのもすこぶる大きかった。

いちばんのモンダイは「孤立」

山友会はかつての山谷と呼ばれた町のありふれた路地の奥にあった。そこに至る道端の建物の多くは簡易宿泊所（ドヤ）で一泊二〇〇〇円とか二二〇〇円などの看板がある。早い午後だったが通りをいく人や自転車なども少なく、路地の奥に一〇人ほどの人の姿があり、ひっそりとそれなりに賑《にぎ》わっているのが山友会の出入口近辺なのだった。

あとでわかったがその時間、診療所の中がいっぱいで入れず路上でぼんやり世間話をしている人は、その日行われている無料診療の順番を待っている人たちなのであった。

山友会の代表ジャン・ルボさん（一九七二年にカトリックの宣教師を志して来日。山友会の活動に参加、一九九九年より代表）と、理事をしている油井和徳《ゆいかずのり》さんに話を伺う。この組織の実質的な運営全般に携わっている人で、具体的には通称「山谷地域」においてホームレス状態にある人をはじめ元ホームレスなど生活困窮状態にある人（このような人たちのことを山友会では「おじさん」と呼んでいる）に無料診療、生活相談、炊き出し、などさまざまな活動を行っている。

支援のひとつ、ケア付き宿泊所「山友荘」を油井さんに案内され見せてもらった。介助が必要だったりひとりでは生活困難な病気や障碍《しょうがい》を抱える元路上生活者が入居している。急患などのための「一時的なシェルター」としての部屋もあるそうだ。歩いて三〇秒ぐらいのところに長屋ふうの二階建ての宿とも病院ともつかない建物があり、一階と二階にタタミ三畳分ほどの部屋が廊下沿いに並んでいる。

エアコン完備、テレビ付き。どの部屋もベッドが半分を占め、あとは雑多にその部屋の住人ごとにいろんな荷物が置かれている。交代で入る風呂があり、食事付き、学校給食のように毎日献立の違う食事を食堂でみんなで食べる。

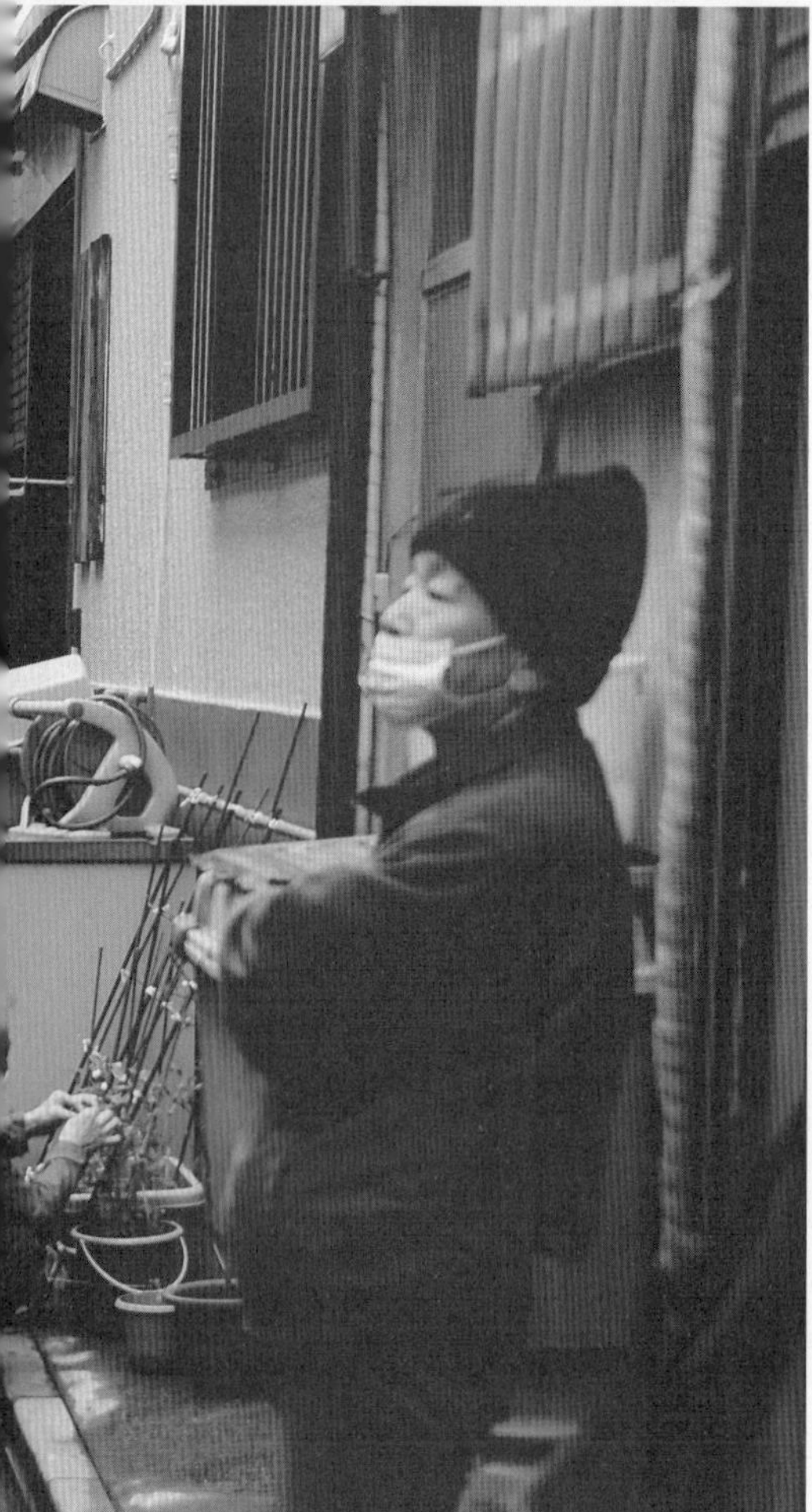

人とのつながりの希薄さが生む「孤立」は多くの高齢者が抱える問題でもある。路上で診療を待つ間にポッポポッと会話がある。この「ポッポポッ」が大切なのだろう（二〇一八年）

岩瀬屋
新潟の

ここはかつてドヤとして営業していた建物で、このあたりのドヤはどこもこんな感じのつくりだそうだ（いま外国人観光客向けのホテルに改装するドヤも増えているそうだが、三畳といえど段ボール、ブルーシートづくりの路上の仮の住まいよりははるかにいい暮らしの環境だ）。

少しすいたクリニックに戻ると本田徹《ほんだとおる》医師が本日最後の患者を診察していた。本田医師は山友会クリニックのボランティア医師のひとり。国際保健NGOシェア代表理事でもあり、常勤の浅草病院（当時）の勤務休みの日に診察に来てくれている。

ここでは年間三〇〇人ほどが受診。「診療も処方薬も完全無料」という日本でも珍しい形態でボランティア医師がまわりもちしている。保険証がなくとも偽名でも診療は受けられ、無料のクスリはおもに個人の寄付でまかなっている。山友会では無料診療につなげるためにフードバンク（セカンドハーベスト・ジャパン）から提供を受けた食品を使っての炊き出しやボランティア医師と一緒に隅田川沿いのブルーテントを回るアウトリーチの活動にも力をいれている。路上で生活している人を支援につなげるための入り口が、炊き出しやアウトリーチなのだ。家がないことも問題だが、「おじさんたちのいちばんの問題は『孤独』と『孤立』、つまり、つながりがないこと」だとルボさんと油井さんは言う。

ホームレス関係の資料を集めていくとだんだん迷路のようなところにはまりこんでいく。まず実態を把握したいのだがもともと住民票など登録がない人が多いわけだし、それを支援する活動、排除する権力などが入り乱れ、最終的にはホームレスそのものを生み出す社会性などが巨大にひろがっていき分析や思考の行き場を失う。求めたいテーマにむかっていっても簡単に片づけられないいくつもの問題にぶつかり、どこから取材し考えていけばいいのかわからなくなってしまう。

もともとホームレスのエンディングには確固たるデータがない。いろいろな取材をへて知っていったことは、支援組織や保健所が、死んでいるホームレスや元ホームレスを偶発的に発見することを憂慮している、ということだ。

彼らの多くはその本人を証明する書類など持たないケースが多い。さらに親兄弟や親戚などとの連絡を自分で強引に断って（断たれて）いる場合が多い。したがって死んだあとは「無縁仏」になってしまうケースが圧倒的に多いのだ。いろいろな事例を見ていくと、なにかで血縁筋がわかっても、連絡を受けた側がその「死」を受け止めない、具体的には「葬礼拒否」や「遺骨の引き取り拒否」になることも多いという。

これからは「血縁」より「つながり」の墓

山友会には「元ホームレスの人の共同墓」がある、というのが今回いろいろ話を聞くきっかけとなっている。

山友会に集う人たちが亡くなったとき、家族や親族との縁が途絶えている人でも死後「無縁」とならないように、つまり生きているあいだのつながりを感じられるように彼らにお墓を、という思いから近くの浄土宗光照院《こうしょういん》に「山友会のお墓」を建立した。資金はクラウドファンディング（プロジェクトに賛同した人からの資金援助を得るための仕組み）で募った支援総額二五五万円（目標二〇〇万円）を用立てた。「山友会」と白く墓標に刻まれた彼らの墓ができたのは二〇一五年。この山友会独自のお墓の建立については光照院の吉水岳彦《よしみずがくげん》副住職（当時。現、住職）の尽力も大きかった。

「墓が完成したときに一人のおじさんが、ありがとうございますっておっしゃった。死んでも仲間とずっと一緒にいられるんだ、という安心感が生まれた。皆と一緒の墓に入れるんだという思いが、長いこと居場所がなかった方のひとつの救いになったんでしょうねえ」

　また吉水さんはこうもおっしゃる。

「おじさんたちはけっこう散歩のついでなどにお参りにいらっしゃるようです。お彼岸、お盆、大みそかなどには集まってお参りもします。墓の完成後にお亡くなりになった三人を、二〇一七年八月のお盆に納骨しましたが、三人まとまって、というのがいいねえ、とみなさんおっしゃっていた。仏教、キリスト教、無宗教に関係なく今は一〇名納骨されていますが、お骨になってもやはりみんなと一緒がいい、とみんな思っているんですね。お墓といえば家族単位、と思われていますがこれは近代になってからの形。少子高齢化でお墓の維持存続も厳しくなっている時代の流れもあります。個人的には今後はこのような〝血縁〟ではなく〝つながり〟をもとにした共同体の墓が、一般的なものになるといいなあという願望もあります」

　この共同墓を作ろう、というきっかけになったいきさつを山友会のメンバーの薗部《そのべ》富士夫《ふじお》さんの思い出からまとめよう。

　一〇年ほど前のこと。毎日のように上野公園から歩いてかよってくる老人のホームレスがいた。通称「やまちゃん」、七〇歳。山友会に来ては自分にできる範囲の手伝いをして夕方になるとまた歩いて上野公園に帰る。山友会の勧めで生活保護を受給し、ドヤで暮らすことになったがドヤに迷惑をかけてしまうことがあり退去しなければならなくなった。姿をみせなくなったやまちゃんのことが心配で皆で上野公園などに探しにいったが見つからない。一年後のある日、上野駅周辺を夜回りしていると偶然やまちゃんと出会った。一人さびしそうにたっていた。

「また山友会においで」と言うと再び戻ってくれた。そうしてやまちゃんは今度こそドヤの住人になった。彼のような人も安定して暮らすことができるような場所を作りたいという思いが今のケア付きの宿泊施設「山友荘」を作るきっかけになったという。入居したやまちゃんはそれからしばらくして脳卒中で倒れ、なんとか回復したものの八〇歳を迎えたときにがんで死去した。しかし戸籍もなにもなく連絡する親族もいない、という状況だった。遺骨の行き場がない。無縁仏となると空いている共同墓地に入れられるため、どこに埋葬されることになるかもわからず、仲間との縁も途切れてしまう。

それまでもそういうおじさんのことがしばしば問題になっていたが、このやまちゃんの死が大きなきっかけになって、山友会の仲間のためにお墓を建立する話が具体的になったという。

春のお彼岸。ぼくは前年亡くなった、山友会の仲間（二人ともひとりで亡くなっていたそうだ）の納骨式に光照院に行った。その日も風の冷たい日だった。かなり大勢の山友会の仲間が来て拝礼し、線香をあげた。

人は孤立死、孤独死をとても辛《つら》いものと強く思っているものなのだ、とそれまでそういうことを考えたことのないぼくは墓という「死」の象徴的なものへの認識を寒さのなかで真剣に考えていたのだった。

身のまわりの「死」のことなど

車を運転して数十年になる。自分が運転していて事故にあったのは一〇年前がはじめて。高速道路の出口で一般道に入る前の赤信号で停車しているといきなり背後から追突された。

それから一〇年ほどたった昨年（二〇一七年）に首都高の霞《かすみ》が関《せき》トンネルの前でまた追突された。そのときはタクシーに乗っていた。先にも書いたがけっこう大きな事故で、すぐ高速道路のパトカーと救急車がやってきてぼくは生まれてはじめてストレッチャーに乗せられ一番近い虎《とら》の門《もん》病院に搬送された。

すぐに検査だ。頸椎《けいつい》からはじまり全身のレントゲン撮影その他の検査が迅速に行われる。二〇分後には医師のところに行き、何枚かのレントゲン写真を前に説明された。見たかんじ大きな支障はないようだが、このテの事故はあとでどういう影響が出てくるかわからないから明日早朝、整形外科でもう一度精査するように、と言われて放免された。検査が終わってみるとあっけなかった。

この頃、高齢者の事故がよくニュースになる。九〇歳のおじいちゃんがお店に突っ込んだり、八五歳のおばあちゃんが運転する車の暴走で数人の殺傷事故を起こし、禁錮二年の判決が下った、などというニュースを見るとわが背筋も緊張する。

これらの事故の原因の多くはアクセルとブレーキの踏み間違いらしい。歳《とし》をとると慌てたときに状況判断がうまくできなかったり反射神経の鈍麻などが指摘される。

ぼくが思うにはこれだけ高齢の人は運転免許取得後、長くマニュアル車に乗っていた筈《はず》だ。オートマチックが主流になって運転が楽になったと世間は思いがちだが、マニュアル車は構造上ブレーキとアクセルの踏み間違いというのはめったに起こさない。片足はクラッチを踏んでいてもう片足でアクセルとブレーキを操作するからだ。

でもまあ国民総高齢化が、高齢ドライバーの事故に影響をあたえているのは事実だろうし、この傾向は今後ますます増えてくるのに違いない。一九九八年から七〇歳以上の高齢者に対して改めて自動車運転講習が義務づけられ、それを受けないと免許更新の手続きができない、ということになった。

警視庁からのこの通知が運転免許更新の半年前に該当者（ぼくだ）にハガキで送られてきた。

高齢者の講習はペーパーテストと運転の実技があるという。いったいどんなことを聞かれ、どんなところを運転するのだろうか。と、教習所で出会った高齢者のことについて参考までにここでも書いておきたい。

高齢者自動車運転講習

受講する人は一二人だった。そのうち女——というかおばあちゃんが二人。あとは男たち、つまりおじいちゃんですね。

みんな七〇から七四歳の筈である。なんとなく同窓会の気配に近い。しかしそれにしてはみんな無表情、無言で空気が重い。

二人のおばあちゃんのうち一人はロングドレスにハイヒール！　といういでたちだった。

あなた、ここに何しに来たんですか？　と聞きたくなるくらいに場違いだった。その人には悪いけれどそういう気持ちで自動車を運転しよう、というその考えがそもそもキケンなんじゃないでしょうか。そんなことを言うと怒られるだろうから静かにしていた。でも見回すとじいちゃんのほうだって負けていない。小柄な一人は太いストライプの三つ揃《ぞろ》いでピシッと決めて「なめんなよ」と無言で言っている。

一二人は係の人が来るまでみんな黙っている。そうだこれは追突事故のあと、病院の整形外科にしばらくかよったときの雰囲気に近い。

病院の待合室でぼくは足を組んで本を読んで待っていたのだが、隣にいたおばあちゃんに「あなた。足を組んで本を読むのはいけませんよ。背骨が怒っているし、ふくらはぎは第二の心臓と言われているんですからね」と半ばお説教されてしまった。ぼくはすぐに組んだ足をほどき「そうすると我々は三つの心臓を持っているんですね」と言ったら「そうですよう！」と力強く言った。以来そのおばあちゃんがいるときは足を組まないようにしていた。

さて高齢者講習だが全体にいうとたいしたことはなかった。心配したハイヒールのおばあちゃんも運転がうまかったし一二人全員が合格だった。あれは五一〇〇円を徴収して修了証のようなものをくれる交通安全協会かなにかの金儲《かねもう》けではないか、と思ったが確認はとれていない。免許更新手続きのときにこの証書を窓口に出しなさい、という説明。試験というわけではなかったのである。

この講習を受ける前にぼくのまわりにいる同じぐらいの年齢の友人らに「どういうことをやるんかなあ」と聞いたのだが、誰もまだ受けていなくて詳しいことを知っているやつはおらず「なんでもいろんな絵、たとえばスイカ、バナナ、リンゴ、ノコギリ、ダイコン、トンカチなどの絵が描いてあって、このなかで食べられないものにバツ印をつけなさい、などという設問があるらしい」と言う奴《やつ》がいて、頭の上に???マークがいっぱいになった。だからその日教習所までクルマを運転しながら「スイカ、バナナ、ノコギリ」などと予習をしていたのだが、そういう質問ペーパーは出てこなかった。

あとでわかったのだが七五歳になっていると講習(我々がやったような)を受ける前にやる設問らしい。要するに認知機能の検査が行われるのである。

で、まあぼくはそのあと一週間後に都庁に行って新しい免許を取得した。ぼくはかなり遠方まで運転していくがずっとゴールド免許(事故なし、違反なし)であった。新しい免許証もゴールドだったが通用期間はいままでの五年間とは違って三年間であった。まあその頃にはぼくも自動車運転はやらなくなっているだろう。

それから数日して都内にクルマで出掛けての帰りだった。高速道路を走っているときに強引な割り込みがあって、それに気をとられているときに追突してしまった。

ぼくが自分で事故を起こしたのはそれがはじめてだった。そしてその場所が霞が関トンネルの都心から西にむかう道であった。

同じトンネルの上りで追突事故にあい、同じトンネルの下りでぼくが追突事故を起こしたのである。あのトンネルはぼくにとって忘れられない鬼門となった。

そのときちょっとタイミングをあやまっていたらぼくは衝突死していたかもしれない。高齢運転の危うさは他人事《ひとごと》ではなかったのである。幸い、ぼくが追突したクルマの運転手はまだ若くケガもなく、パトカーの検分のあとぼくのクルマ（ピックアップトラック）で後部を潰された被害者のクルマも、ぼくのクルマも自走できたのでコトはそれだけですんだ。

しかしその日の夜、妻にオコラレタ。

「もう若くない、んじゃなくて完全におじいさんなんだから本気で注意して車を走らせないと。交通事故などは〝自分の死〟に一番近い歳になっているんですよ。いいえ自分だけではない。よその人を轢《ひ》いたりしたらもっとひどいことになるんですよ」

「ハイ」

ぼくは素直に頷《うなず》いた。やれやれ、本当に妻の言うとおりであった。

ぼくたちの〝死亡適齢期〟

「エンディングノート」というテーマで「人の死」を中央に据えた連載を書きながら、ぼくは無意識に「死」をどこか他人事のような気分で思い、取材して書いていることに気がついた。

ぼくなどはもうとうに「死亡適齢期」に入っていたのだ。だのに毎日欠かさず夜には大酒を飲んでいる。二年に一度人間ドックで診てもらっているが、検査日までは健康でもその翌日からどうなっているかわからない、というところにいるのだ。

そういうことを厳しく知らしめてくれるのは同世代あるいはそれよりもっと歳下の友人らの様々な異変である。

先日、同じ業界にいてもう二〇年にわたって公私ともに深いつきあいのある一〇歳近く年下のSがいきなり倒れた。

まわりに人がいるところだったから意識のない彼はすぐに病院に搬送された。状況からみて脳関係の異変らしい、と医師は見当をつけ詳しく調べたところ脳に三センチほどの嚢胞《のうほう》のようなものが出来ていて五〇〇〇万人に一人、というくらいの稀《まれ》なケースだという。

命はとりとめたが、危ないところだった。面会が許されてすぐに見舞いに行ったが思ったよりも元気で、頭蓋骨を円形に切って脳のなかの異物を取り除く、という大手術のわりには、そんなことがあったっけ、というくらいに元気なので驚いた。その原因は非常に難しい説明だった。生活習慣病が本人の自覚していないところで密《ひそ》かに進んでいて「死」に近いようなぎりぎりのところにあって、ほぼ奇跡的に蘇生《そせい》したのであった。

そんなおりにまた別の友人Tがちょっとただならぬ異変にみまわれている、という連絡が入った。直腸癌《がん》と食道癌を併発し、ステージⅣだという。直腸癌は手術したが食道癌のほうは手がつけられない状態だという。

「もうこっちはリンパまで転移しているから手がつけられないんだけれど、自覚的にはあまり厳しくもないんだよ」

親しい三人で見舞いに行ったときにそう言っていた。見舞いといっても場所は居酒屋で、本人も焼酎のお湯わりなどをチビチビやっていて普段とかわりない。おそろしく精神の強い人——というのがそのときの印象だった。

ぼくは釣りと焚《た》き火《び》とキャンプを組み合わせた、いうところのアウトドアチーム（雑《ざ》魚《こ》釣り隊という）を結成していてTは一五年ほど前にそのグループを作る仕掛け人の一人だった。

長年にわたる連中との行状記をぼくが週刊誌に連載している関係で毎月日本のどこかの海べりに一緒に出掛け、焚き火とサケにオダをあげている。スタートした頃は一〇人ほどだったが「面白そうだから仲間に入れてくれ」という奴が毎年増えていって今は二五人ぐらいの大集団になっている。

Tがこのところしばらく顔を見せていなかったのでどうしたのかな、と思っていたらそのような厳しい事情だったのである。

「我々雑魚釣り隊がいちばんキャンプしてきた秘密の基地（観光地とはほど遠いので自由に流木焚き火ができる通称タクワン浜）でTを囲んでみんなで焚き火宴会をやろうじゃないか」という声があがってきた。

そこでTがやってこられる日（その秘密基地は東京から遠いので）にあわせて参加者が二一人集まれることになった。しかし梅雨のさなかである。三日ほど前から関東地方は雨続きだった。我々の仲間が経営している新宿の地下小劇場が、その日あいていたので、屋内での酒盛りでいくことになった。

釣り名人（釣り集団なので何人もいる）が早朝、船で沖に出ていろんな魚を釣ってきた。それを肴《さかな》にTを囲んでみんなでクルマ座になりとにかくいろんな話をしよう、ということになった。

いつもとなんのかわりもなく、てんでにみんな勝手なことを言い、笑い、怒り、拍手し罵倒し、タクワン浜と同じように時はすぎていった。

Tはこの十数年、自宅でいろんなバラを育てているという。スマホで撮られた幾葉かのその写真を見せてもらった。

ひとつひとつの微妙に違う形と色のバラを、Tは育ちつつある子供の写真を見せるように嬉《うれ》しそうに説明している顔がとても優しく強く、なにか生きる力をそこから得ているようにも見えた。Tはその日は薄めたサケも飲まず三時間ほどで住まいのある甲府《こうふ》に帰っていった。

たぶん、Tを交えての酒盛りはその日が最後なんだろうな、と思いつつ互いにそんな話もせず、いつもと同じようにTは飄々《ひょうひょう》と帰っていった。

生還したリンさん

七年ほど前、Tらと一緒に何度も釣りの旅に出ていつも我々の数日間の野外料理を作ってくれたリンさん（林《はやし》さん）も食道癌になりやはりステージⅣだった。彼の場合も手

雑魚釣り隊名物、ブルーシートのテント前で。こんなふうにいつものようにビールを飲んで賑やかに宴会しながら、焚き火で焼かれるのもいい（撮影／雑魚釣り隊、二〇一四年）

術できない段階になっていたが、奥さんが熱心に「スムージー」を研究してリンさんは毎日それを食べていた。半年ほどたった頃だったろうか、リンさんの癌はいつのまにか消えていた。念のため三カ所の病院で調べてもらったが本当に癌は消えていて、七年たった今リンさんは元気である。そしてリンさんの奥さんのスムージーは『がんが消えた奇跡のスムージーと毎日つづけたこと』（林・恵子《けいこ》、宝島社）という題名の本になって出版された。そんな事実もあったからTにも自然治癒という道がまだある。その日はあえて話さなかったが、彼にもそのような復活があることを密かに期待している。

とても親しかった友人を何人も亡くしている。

ひところ映画づくりに集中していて、銀座《ぎんざ》にある中堅の広告代理店のビルの一部屋を借りて映画プロダクションのオフィスを持っていた。九年間のうちに五本の劇映画を作ったがそのスタッフに写真家の高橋昇《たかはしのぼる》がいた。さらにプロデューサーとして宇田川文雄《うだがわふみお》がいて、二人は大切な制作スタッフだった。

その宇田川が、モンゴル遠征のときに怪我《けが》をした。モンゴル人の看護師が化膿《かのう》どめの注射をしたが、その注射針は少し前に肝炎の患者に使用したものだった。同じもので宇田川に注射したものだから彼は帰国して半年もしないうちに肝臓癌で死んでしまった。

高橋は腹膜炎になり、それが原因であっけなく逝ってしまった。ぼくより若い人がバタバタ倒れていった辛《つら》い時期だった。

夕食の話題は「自分たちの始末」

ぼくの妻は一歳下である。そうしたいろいろな友人らの話をしているうちに自分たちの死についてかなり真剣に話をすることが最近多くなった。

先の見えない時代である。妻は二〇一一年の夏から、東日本大震災によって仮設住宅での生活をよぎなくされたまま苦労して暮らしている老人らのところをほぼ月一回の頻度で訪ね、原発事故後の被災者のそれぞれの生活や考えを「聞き書き」というかたちで取材し、それにともなって多くの家庭の人々と親交をあつくしている。同時に福島原発刑事訴訟の支援者として欠かさず公判の傍聴をしている。これらはけっこう忙しく、ぼくも相変わらずあっちこっちで、むかしからのすれ違い夫婦の日々であるから、夕食のときに顔をあわせると長いときには二時間ぐらい話をしている。

双方の出来事とか家族（子供、孫ら）の話、このところ新聞を見るたびに腹立たしさばかりの欺瞞《ぎまん》政府の話、など様々だ。

ときどき、やがて必ずくる我々の「死」についての話をする。これまで書いたようなぼく自身の危うい出来事や、ぼくのまわりの友人らの「死」や、少し間違えたら「死」の危険もあった出来事などについての話をしたときなどに自然に自分たちの始末のつけかたについての話になっていくのだ。

一年ほど前に夫婦揃って「葬送の自由をすすめる会」に入会した。互いの意見で一致しているのはいたずらに高い費用を投じた大袈裟《おおげさ》な葬儀はやめよう、という考えだ。

同じような考えをもった人たちはけっこう沢山いて季刊「再生」という雑誌が送られてくる。そこには葬儀全般に対して様々に自由な当事者の考えかたや、実際の自然葬の事例などが書かれていてとても参考になる。

それらの多くはいまの日本の埋葬の基本であるカロウト式の墓（墓石の下の骨箱に遺骨を納める）だけがすべてではない、という考えに基づいていて、その事例にこころをひかれている。

多死社会を迎えうつ葬祭業界

　未来についての予測年表というのはいろいろあるけれど、予測の基本となる数値なり事象なりに基づく他のいくつものファクターがどれほど変化していくのか、ということが明確でないかぎりそれこそ「現実離れ」して、あまり実感をもてなかったりする。

　たとえば人類が土星に着陸する日、などという未来予測があったとすると、そのプロジェクトに係わる予算の出どころや、そこまでに至る宇宙航行科学の進捗具合程度のことでもほんのちょっとしたファクターの組み合わせが崩れてしまうと中途で破綻、などという不安定な要素がいっぱいある。

宇宙ロケットの付属エンジンを稼働させるのに必要なちょっとしたネジをひとつポケットにいれたまま帰宅し、翌日、妻と喧嘩《けんか》してむしゃくしゃしつつ通勤途中に食った朝めしのホットドッグの包み紙をポケットにねじこんで出勤し、オフィスで一緒に捨ててしまったために数年後に土星降下の際にエンジンが稼働せず、有人ロケットは土星の輪にとらわれ、永久に土星のまわりを周回し続ける、などということは、まあめったにないだろうけれど絶対あり得ない、とは誰も言い切れない。

でも手元にある『未来の年表』（河合雅司《かわいまさし》、講談社現代新書）で提示している予測の数値は実にしっかりした現実をベースにしているので、サブタイトルにあるとおりの「人口減少日本でこれから起きること」を読みすすんでいくに従って確実に緊迫していく。「こうしてはいられない」と思わず立ち上がってしまうくらいだが立ち上がってもどうしていいかわからない、いくつもの冷酷な未来予測が語られている。

まず「えっ？」と驚くのは東京オリンピックが行われる（ハズだった）二〇二〇年には女性の半数が五〇歳を過ぎている、という統計上の指摘だ。ぼくは新宿近くに住んでいるが街を歩いているとそこいら中にチャラチャラした若い女がいるなあ、という印象しかないが、その半数が中年以降の世代になるというのだ。

その四年後、二〇二四年には全国民の三人に一人が六五歳以上になっているという。

わあ、それじゃあレッキとした老人国家ではないか。でも自分のまわりを改めて見回すと日頃飲んでいる遊び仲間の連中はみんなもうおじいさんといっていい。そういう現実に気がつかなかったのだ。

この本には続刊があってずっと読んでいくとどんどん気持ちが暗くなっていく。わが人生、今この瞬間で「まあそこそこシアワセだった」と呟《つぶや》きつつ終わりにしてもいい、というなげやりな気分にさせられる。

人口減少にむけてこの国はいたるところ不安だらけになっていくようであるからだ。詳しくは同書を読んでいただきたい。

二〇三〇年モンダイ

二〇三〇年代に入ると日本のあらゆる構造が激変せざるを得なくなるようだ。このことを同書の指摘に基づいてもう少し深く考えていきたい。

この連載のメーンテーマに直接関係してくる問題がたくさん含まれているからだ。全国的な人口減少は地方経済の機能不全をもたらす。地方では人口がどんどん減少し、百貨店や病院、銀行、老人ホームなどが消えていく。それまでそれらを利用していたヒトがどんどんいなくなっていくのだから仕方がない。全国に急増している限界集落がすでにその具体的な困惑状態を露呈している。ヒトが少なくなっていくことは集落が森や草原にかえっていくことなのだ。

数年前、奥会津《おくあいづ》の道端で野良着の老人と会った。ぼくはクルマに乗っていたが彼は歩いていた。その老人に呼び止められ「あんたはこれからどこへ行きなさる?」と聞かれた。レンタカーを返しに三〇キロほど先の町に行くのです、と答えると「じゃあすまないがこの手紙を町のポストに投函《とうかん》してくれないか」という頼みだった。

簡単なこととそれを引き受けたが、その山村では手紙の投函も配達もじわじわこころもとなくなっている、と聞いてショックを受けた。過疎を切り捨てていく日本の行政の実態を見た思いだった。道端にクルマを寄せて、しばらくその老人と話をした。

「もうこの村はダメになる。なくなっていく。だって生きている人が数えるほどしかいないんだもの」

「ここらはやがて墓場と役場が残るだけだな」

「水は谷川があるからまだ飲める。でもプロパンを運んでくれていた業者がもうじきなくなるという。クルマはカネがかかるから売った。それでなくても超高齢者の運転免許更新が厳しくなっていて、手紙を出すのもこうして二時間ばかし歩かなければならなくなっているんだものなあ」

二〇三三年頃にはそうした寒村の消滅が地方中小都市にまで加速度的に及び、過疎による行政の機能劣化はあたかも未知の病原菌に襲われるように日本全国に広がる可能性があるという。

総務省の「住宅・土地統計調査」（二〇一三年）によれば、全国の空き家は八二〇万戸にのぼり、総住宅数六〇六三万戸の一三・五パーセントを占め、七、八軒に一軒は誰も住んでいないという。

野村総研の二〇一六年の試算によれば、二〇三三年の総住宅数は約七一二六万戸へと増大し、空き家率は三〇・四パーセントにまで上昇するという。これは全国の約三戸に一戸が空き家となってしまう比率である（『未来の年表』より）。

空き家率が増える、ということはそこに住まない人が増えている、ということでもある。なぜ住まないか。もちろん脱都会などで地方に分散移住していく人もいるだろう。空いた家なりマンションなりを購入して移り住む人がその欠員を埋めるに等しかったらいいのだが、今の若い家庭はよほどの廉価でないかぎりそれは敬遠するだろう。

どうもいろいろな数字を見ているかぎり、悪化経済と愚鈍政治によって東京オリンピックを契機に日本中がズブズブと沈没していく時代になるような気がしてならない。

その第一の要因は先程指摘した急速に進む日本の人口減少である。二〇一五年の国勢調査ではすでに総人口の四人に一人が高齢者。つまり完全な「超高齢社会」に突入し、老人ホームをはじめとして医療、介護などはさらに進んでいくのだろうが、なにしろ衰えていく老人の総人口が凄《すご》い。（もう普通になった）老老介護を含めて、そういう人を介護する人々もすぐ次の高齢者予備軍になっているのである。沢山の終末医療施設をはじめ様々な介護制度が稼働していくだろう。さらに医学の進歩によって様々な延命措置がとられるだろうが、そうしたことはほんの少しの「個人的時間差」の問題でしかなく、時は平等に冷静非情だ。やがて誰をも確実に「多死社会」が覆ってくるのである。

葬儀の仕事のための見本市

ルポを含めたこういう連載には出版社から担当編集者がついてくれてあらゆることをリードかつフォローしてくれる。ぼくにはTさんという見るからに頼りになりそうな女性担当者がついてくれていて、まさに高齢じいさまを「こんどはこっち方面よ」というふうに、ビールを飲みながら思いつきで話したことをヒントにして、そのつどのルポ取材のターゲットを見つけてきてくれる。

その彼女がどこから得てきたのか、六月のはじめ「フューネラルビジネスフェア二〇一八」という聞き慣れないイベントがパシフィコ横浜で行われるという情報を伝えてきた。「フューネラル」とはなんなんだ。もう少し詳しくTさんに聞くと、全国の葬祭業関係のメーカー、関連業者が集結した、いまここまで進んでいる「葬祭ビジネス」の、まあ簡単にいえば見本市のようなものらしい。

最先端をいくハイブリッドカーの見本市と似たようなものらしいが、ここではメーンテーマがあくまでもきっちり「葬儀、葬祭」なのである。

さすがに一般の人は入れなくてちゃんと取材の申し込みをして許可証のカードをぶらさげて入場する。Tさんに聞いたら「開催日を〝トモビキ〟の日にかけているのはこの業界ならではですね。きっと今日は来場者も多いんでしょう」という。

フーンなるほど。フェアが対象とする参加者はみんな葬祭関係者だから友引以外の日は通常の業務が忙しく予想外の受注などもあり、予定がたたないヒトも多いのだろう。

大きな会場だがライトはまんべんなく、沢山の「葬祭関連事業者」（で、いいんだよね）のいわゆるアンテナショップ的なブースが並んでいる。ホールの中に静かに読経のようなものが流れているのかと思ったがそんなことはなかった。もちろんビバルディの四季

株式会社
最後の姿を飾るのは
のであってほしい。
ふさわしい姿であってほしい。
を叶えることができるのが、大栄の仏衣なのです。
綸子染付
綸子染付

「フューネラルビジネスフェア二〇一八」は、出展社数一三三社、二日間の総来場者数は一万一七六七人、というビッグイベント。ちなみに、トモビキの日のほうが来場者は少なかったそうだ。そら、せっかくの休日だものな（二〇一八年）

なんていうBGMも流れていない。

　最初に目についたのはいろんな棺桶《かんおけ》を並べている区画だった。これは予測がついた。実物の棺桶があちらこちらに複数並べてあって、それぞれ素材や装飾に意匠をこらしてある。各ブースには黒い礼服を着た男女が客（葬祭業者）の呼び込みをしている。取材に来ている以上呼ばれるままに入っていくしかないが、値段は書いていないものの相当高級っぽい棺桶から順番にグレードが変化していく。一番安そうなものを注意して見た。

　硬質の段ボールを素材とした柩《ひつぎ》や祭壇を扱うブースもあった。ヒノキなどの国産間伐材と紙素材のハイブリッドでCO_2排出量も少なく環境にやさしい、とある。全体に最高級をうたうような棺桶と見劣りはしない。棺桶ごと燃やしてしまうのだから、使うのはせいぜい三、四日のものだ。

　ぼくは自分の母の死のいっさいに立ちあったことがあるので、葬儀業者の独特のセールストーク（と言っていいんだよね）に辟易《へきえき》したことがある。ファミリィレストランのメニューみたいな棺桶カタログをひろげて「お宅あたりだとこのくらいのものがいいと思いますよ。故人もきっと喜ぶと思いますよ」なんてそいつは軽々しく言った。そういうセールストークの訓練を受けているのだろう。でもそいつの言う「故人が喜びますよ」の根拠はどこにあるのだ、とぼくは思った。

「おめえ、うちのおっかあを見たことあんのか」といちゃもんをつけたくなった。

これは身内が急逝して混乱しているところにやってきてベラベラとあちこちで喋《しゃべ》っているセリフなんだろう、とすぐにわかった。ぼくは一番安い棺桶にした。そのかわり踊りの師匠をしていた母の遺体の傍らに愛用していたたくさんの扇子や花をいれた。

そんなことを思いだしながら会場の奥に歩いていくとなんだか龍宮城《りゅうぐうじょう》に来たようなきらびやかな祭壇がどおーんとあってびっくりした。あまりにも派手派手すぎるので見るのに戸惑う。このブースには女性雑誌とタイアップしたご婦人好みふうな豪華棺桶や蓋にメッセージ短冊を設置できる棺桶などが並べられていて、「わたしらしさ」とか「葬儀らしくない素敵」を強調していた。

その大きな祭壇の近くだったと思うが、今で言う焼香台のハイテク版なのだろう。なんのへんてつもなさそうな黒い台の上に斜めに半透明の板が立ち、香炉が置いてある。通常はそのあたりに故人の写真などが入った額が置いてあるものなのだが、そういうものはとくに飾っていない。なにげなく斜めになった半透明の板の前に立ってみると、あややや。少し微笑《ほほえ》んだ（故人役らしい）婦人の顔が静かに浮かびあがるではないか。暗い部屋で見たら怖い。なにかのハイテクを駆使したあたらしい装置なんだろうけれど、ぼくはこれになんの意味があるのだろう、という単純な疑問にとりこまれた。親族にとっては懐かしいだろうけれど、何も知らない弔問客などは一瞬のけぞるかもしれない。これを見たあたりから今の葬祭産業はむかしからのキマリモノの用具や装置に中途半端なハイテクを組み合わせている実情がみてとれた。それはまたこの見本市全体の売り物なのだろうな、と理解した。

けれど遺影が3Dでふわーっと出てきたり消えたりすることになにか特別にありがたいものが加味されているのだろうか、ということは最後までナゾだった。

業界生き残り戦の最前線

しかしハイテクを駆使した注目すべき新システムもいろいろあった。たとえばSNSを利用した訃報連絡などは新時代の有効手段だろう。

デジタル遺品の「困った」の解決を提案、というサービスではロックされたままの故人のスマホの取り扱いや、インターネット上の金融資産の処理方法、トラブル回避のための準備など、「デジタル遺品」「デジタル総括」の問題についての提案がされ、時代のマトを射ていると思った。弁護士を中心に立ち上げられた団体で、まさに新時代の終活のありかたを感じさせる。

一方でアナログなカード型のゲーム「ハッピーエンディングカード」というものもあった。出されたカードを二者択一で選んでいくと、「自分の終活準備に何がたりないか」「プロの手を借りる必要ありなし」がクリアになる。個人個人の「終活ニーズ」を把握するために、老人ホームなどで「活用」されているらしい。「終活」カードで顧客を取り込むというあたらしい提案ということだ。

エンディング信託、というものもはじめて知った。みずほ信託銀行と葬儀会社が業務提携し、二〇一八年からスタートした「前受葬儀用信託サービス」である。要するに、自分の希望する葬式を生前に契約し、その費用は信託銀行に預けておける、というサービスだ。故人となると銀行口座が凍結されてしまうが、この口座は対象にはならないという。これはけっこう需要のあるノウハウなのではないかと思う一方で、このようにいろいろな手法や商品でわれわれ「顧客」はじわじわと「囲い込まれて」いくのだなあ、と思った。

広い会場には新式の棺桶に模擬遺体が横たわっていてギョッとさせられる光景もあったが、それらのうちのひとつはドライアイスに代わる次世代型の遺体冷却装置を断面にしてわかりやすくしているものだった。柩のなかの遺体はドライアイスによって冷却されることが多いが、遺体が冷却されすぎてしまったり、一日中ドライアイスの位置を変更したりする人手が必要だったり、感染予防の観点からなどの不便が解消され、なにより遺体をきれいに長く持たせられる、という。

この業界には三〇年代危機という言葉がある。

さきに紹介した『未来の年表』によると二〇三〇年あたりから「多死社会」になっていく、と推察されている。厚生労働省の発表した「人口動態統計年報」によると二〇一六年の年間死亡者は約一三〇万人だったが、二〇三〇年には一六〇万人を突破し、二〇三九年から四〇年あたりでは約一六七万人という「死者のピーク」を迎える。この予測は土星を目指す宇宙ロケットの成否よりも絶対に確率が高いだろう。

そのとき、日本社会は火葬場が絶対的に足りなくなり、死者を腐敗させずに待機時間を長持ちさせる必要にせまられる。

会場にはそういう事態への対策のための新素材での納体袋や、アメリカで使われている密閉式特殊素材納体シートなどの見本も目についた。この密閉式のシートは、被災地での活用なども本格化しつつあるようだ。

あちこち見て歩いているうちに死体の頭部から肩までの、殆《ほとん》ど本物と見間違えるような首の模型を持った若い女性が、死者の顔や髪の手入れをしているのと出会いびっくりした。遺体用の化粧品や化学薬品を扱うブースの「エンバーミング（遺体を薬品などで処理修復、腐敗を防止し長期保存を可能にする技術）」のデモンストレーションだった。

葬祭産業は二〇三〇年代をピークとする膨大な需要にむけ、さらにはその先に待ち受ける人口激減の未来の〝生き残り戦略〟に必死になっているように見えた。

遺言状と死にそうになった話

遺言状をしたためることにした。しかし何をどのように書き、そしてそれをどうしたらいいのかまるでわからない。


そこで弁護士に相談した。

木村晋介《きむらしんすけ》君。一〇代の頃からの親友だ。そして彼は『キムラ式遺言の書き方』（法研）という本を出している。これほどの適任者がすぐそばにいるのを今まで気がつかなかった。まだ自分がいつか死ぬ、ということを認識していなかったからなのだろう。

すぐに電話していつもぼくが飲んでいる新宿の居酒屋で会うことにした。彼とは同じ歳《とし》で彼の友人がぼくの妻だ。したがってわが家族のことは全部知っている。

一週間前にそのことを話したのに、その日、もう見本となる「文書」を持ってきてくれた。互いに忙しい仕事にかかわってしまったので会うのは月一回ぐらいだ。まずはビールで乾杯し、互いに近況を話しあう。それから店が混まないうちに本題に入った。まずは財産分与のことからだ。金銭的なこともそうでないことも意思を残しておくのがこの紙切れの役割なのだ。

「これを書いていて、お前はもうすでに一回ちゃんと死んでいるんだよなあ、ということを思いだしたよ」

弁護士はいきなりひどいことを言った。「ちゃんと」っていうのはなんなんだ。でもそれが何を言っているのかぼくにはすぐわかるんだから大きく頷《うなず》くしかない。

一度ちゃんと死んでいる

その話はいくつかの本に書いたから詳しい内容はトバすが、ぼくが一九歳のときに起こした交通事故のことを言っている。

深夜二時頃ぼくが同じ町の友人と千葉街道をトバしていたときにその事故はおきた。

雨の東京から帰ってきたのだが千葉は小雪が降っていたようで、雪がやんだあと、すでにアイスバーンになっていた。運転していた友人は免許とりたて。運転したくてしょうがないときで、その気持ちはわかる。

深夜だから道路はすいていた。友人はブンブンとばしながらちょっとハンドルを回転させた。アイスバーンだから車輪が滑り、慌ててブレーキとアクセルを踏み間違え、歩道と道路をスキーのクリスチャニアのようにびゅんびゅん行き来し、最終的にフルスピードでコンクリートの電柱に下から突き上げるようにして激突した。ぼくも友人もその激突のあとはあまり記憶がない。

すぐ後ろに空車のタクシーが走っていて、運転手が我々をひきずり出し、後部座席に乗せて近くの救急病院につれていってくれたのだ。

ぼくは頭と顔を切り、一七針縫って脳内出血。友人はハンドルで胸と腹を打ち内臓破裂。ともに六〇日間の絶対安静の入院だった。

そのとき木村晋介や沢野《さわの》ひとしら親友が真っ先にかけつけてきてくれた。

あとで聞いてわかったが、ぼくたちはともにその事故の夜の数時間がヤマ、と医師から告げられていたらしい。

けれどその頃ぼくは柔道をやっており、友人は空手をやっていたから体力的には人生で一番強い時期にあった筈《はず》だ。したがって時間はかかったが両者ともしぶとく生き残り、やがて回復した。そして成人し、その後の長い人生を生きることになった。

弁護士はそのときのことを言っているのだった。事実、警察と医師は、ここ（救急病院）に運びこまれるのがもう一〇分、一五分遅かったら二人とも死亡していた、と言っていた。

いつか別の章で書き加えたいが、よくそんな深夜に近くの救急病院を知っている空《から》のタクシーが都合よくすぐ後ろを走っていたものだ。車内は血だらけになったろうが、運転手は名前も告げずに立ち去ったという。


編集部の才女Tから数冊の本が送られてきた。相変わらず「死」に関する内容の本だが、今度はすぐに手にとって読んでみたくなるようなものばかりだった。

『とんでもない死に方の科学』（コーディー・キャシディー／ポール・ドハティー、梶山《かじやま》あゆみ訳、河出書房新社）。

――ヒトはいつどこでどんなコトで死ぬかわからない、とよく言われるが、同時に誰にもそれは予測できない。

予測できれば世の中大変なことになるだろう。例えば、名実ともに実権を握った大会社のワンマン社長が二週間後に死ぬ、ということがわかる。社長は家から一歩も出なくなり、会社は会議もできなくなるし運営の方針もはっきりしないから営業はメチャクチャになる。ワンマン社長は二週間生き延びればその運命から脱出できるのだと、とにかく家でじっとしているが二週間目に風呂場から廊下に出る時しきいにつまずいて斜め前方にある柱の角に頭をぶつけて死んでしまう。

——もっと迷惑なのは、独裁国家のトップが三日以内に暗殺される、という運命を知ったときだ。独裁者はただちに外国から入ってくる航空機をはじめとしたすべての交通機関をストップし、側近をすべて銃殺。そこらを歩いている国民すべてを銃殺するように軍隊に命じ、最後に自分は核攻撃に耐えられるという地下シェルターに籠もって自国および敵対国をすべて核攻撃してしまう——ようなこともおきるかもしれない。

この本の訳者あとがきに「ここには四五通りの死のシナリオが取りあげられている。今日にも起きそうな筋書きもあれば、今生では巡りあいそうにない設定もある」と書いてある。なるほどそのとおりの事例がいくつも並んでいる。樽《たる》の中に入ってナイアガラの滝下りをしたら……とか宇宙空間からスカイダイビングしたら……とか粒子加速器に手を突っこんだら……などなど、訳者がいうように一生無関係でいられるだろう〝可能性〟もいっぱいあるので、ここでは（もしかしたら）自分もその気配を感じられるというような日常的な危機をさらに選んで紹介していこう。少し要約する。

ホオジロザメにかじられたら

――ホオジロザメにかじられるにはいくつかの前段階の危機がある。ビーチにいくために自宅の階段から落ちてあの世に行く確率のほうが一〇倍あり得るし、ひとたび運転をはじめたら交通事故で命を奪われる確率のほうがよっぽど高い。仮に無事にビーチに着いても波打ち際にむかう途中で落とし穴にはまって昇天する確率のほうがずっと高い。たとえそれらをすべてかわして海に入れてもホオジロザメに食われるより溺れる確率が一〇〇倍ある。

ホオジロザメにとって人間は骨っぽくて脂肪がすくなく（アザラシなどに比べて）うまくないので片足を味見程度にかじるぐらいだろう。その場合、片足をまるまる一本もっていかれる場合が多い――。

これはぼくもオーストラリアのグレートバリアリーフでなまなましい風景を見ている。シャーク・フィーディング（鮫《さめ》の食餌行動）を海底二〇メートルほどのところで見ていた。餌は釣ったばかりのバラクーダー（体長一メートルほど。胴体は人間の太股《ふともも》ぐらいある）

を二〇匹ぐらいワイヤーロープに縦に並べてくくりつけて鮫の到来を待つ。すぐに二〇匹ぐらいのいろんな鮫がやってきた。鮫はバラクーダーに噛《か》みつくと自分の体を回転させてねじり切る、という行為をはじめて見て知った。ねじり切られたあとはスパリと肉の断面が見える。人間の足などもそのようにねじり切られるのだろう。動脈が断ち切られると四分ほどで人間は死にいたるという。

無数の蚊に刺されつづけたら

——史上もっとも危険な生物をたったひとつだけ選べ、と言われたら、迷わずハマダラカのメスをあげる。石器時代、人類の半数がこいつに命を奪われてきたとの試算もあるほどだ。もちろん、蚊そのものが悪いわけじゃなく本当の犯人はマラリア原虫。毎年二億四七〇〇万人あまりがマラリアに感染し、一〇〇万人以上が死亡する。

中南米やアフリカの広大なジャングルが無闇に開拓されず自然環境を保持できたのはこの蚊のおかげだった。一例をあげればパナマ運河を建設するとき蚊が媒介する黄熱病やマラリアによって開発は九年たらずでいったん中断された。死者数は合計二万二〇〇〇人。数年おいて工事が再開されたがさらに五六〇〇人が死んだ——。

　ぼくもいろんな原野を旅してきたが蚊の大群にはいつも悩まされた。ぼくの体験でいうと世界三大獰猛《どうもう》蚊の生息地は、アマゾン、シベリア、北極（夏）である。蚊は煙のようにあたりの風景を変えてうなりをあげて人間を襲ってくる。同じ蚊でも日本の蚊は風物詩のようなもので存在の意味がまったく違うように思った。

　一人の人間がどのくらいの蚊に刺されたらどうなるか。具体的に調べた研究者グループのことが紹介されている。場所は北極圏。おびただしい蚊の雲に一分間とりまかれたあと急いで屋内に戻って被害を調べたら、一人につき約九〇〇〇回刺されていた。

　成人の人間の体には五リットルほどの血液が流れている。蚊が一回に吸う血液の量は五マイクロリットル（一〇〇万分の五リットル）だからものの数に入らないようなものだが九〇〇〇回となると話がちがってくる。

　同書は続いて恐ろしい推算をしている。

　――我慢強く一五分間もそこに立ち続けていると、その人は血液の一五パーセントを失い、三〇分たつと血液の三〇パーセントを失ってしまう。四〇分たつと二リットル。四五分たつと刺され死にするというのだ。

　シベリアもそうだったが北極圏の夏はいたるところツンドラの氷や雪が溶け大小無数の浅い沼状の〝水たまり〟ができる。

ぼくはそこを馬で旅していったが、最初の水たまりに入っていったとき底無し沼にはまってしまったか、と慌てた。しかしそれは目の錯覚で、水たまりの水面には二重三重になった蚊がとまっていて、馬が入っていくと蚊どもは千載一遇のチャンスとばかり一斉に浮上してくる。相対的に自分が沼に沈んでいくような気持ちになったのである。

アラスカの猟師に聞いた話だが夏のアラスカの原野には〝蚊だまり〟のような谷があり、そういうところに入りこんでしまうと逃げようがなく、大きなカリブーなどを撃ち殺してその腹を割いて内臓をだし、自分の体をカリブーの体の中にもぐりこませて一夜をやりすごすという。蚊とり線香の僅かな煙でハラハラと落ちていく気弱な蚊しか出てこない日本の夏なんて可愛《かわい》いもんなのだ。

死は思いがけないとき隣にいる

ぼくは閉所恐怖症である。サメの話のところで海中のことをちょっと書いたが、その頃は自分が閉所恐怖症である、ということに気づかずにいた。しかし水深三〇メートルほどのところにある沈没船に潜ったとき、リーダーからまわりのものを無闇に触ったり蹴ったりしてはいけない、と強く言われていたのだがうっかり手が傾いた船のなかの機械に触れてしまった。ものすごい量の堆積した砂埃《すなぼこり》が舞い上がりあたりは濃い煙にとざされたようになってしまった。ほら穴の中で何も見えなくなったのと同じ状態である。そのときぼくは反転して出口に逃げようと思った。しかしそれがかえってほかの堆積物を舞いあがらせ、ぼくはいきなりパニックに陥った。過呼吸（吐く空気より吸う空気が多くなる）となりそのまま落ちつかずにいたら死んでいるところだった。そのときはじめて自分が閉所恐怖症である、ということを知ったのだった。

『人間はどこまで耐えられるのか』（フランセス・アッシュクロフト著、矢羽野《やはの》薫《かおる》訳、河出書房新社）の第二章「どのくらい深く潜れるのか」などは怪談よりも怖い章だった。海のなかに入っていくと水圧というものを体で感じるようになる。水中での事故の多くは、なにかでパニックをおこし慌てて浮上してしまうことによるエア・エンボリズムという潜水病が原因であり、これは死にもっとも近く直結している。

これになると窒素が体内に残留し、誤ると半身不随になったりする。これを抑えるには減圧タンクというものにかなり長い時間入っていなければならない。魚雷みたいな形をしていてその中に入ると密閉され、顔のところからしか外界は見えない。こんなタンクに何時間も入っていなければならないのなら死んでしまったほうがいい、とぼくなどは本気で思い、やがてスクーバダイビングはやめてしまった。

テレビの仕事で初めて南米のパタゴニアに行ったのは三九歳の頃だ。一一月の川の水は冷たく、海外取材では死と隣り合わせ、という危険な瞬間が何度もあった（撮影者不明、一九八三年）

死は思いがけないときに思いがけないかたちでやってくる、ということをぼくは世界のいろんなところで体験してきた。

一番危険と隣り合わせだったのは馬にからむ「ちょっとしたこと」だった。

ぼくは乗馬クラブなどに通ったことはなく、外国で馬でしかそこへの到達手段がない、というような状況にたびたび遭遇し、ごく自然に馬の乗りこなしを身につけてしまった。馬で東海道を行く、なんてことは今ではそうとう難しいことだが、よその国ではそのくらいのスケールが当たり前だったりするから楽しい。そうして二〇年間ぐらいいろんな国をいろんな馬で旅をしてきた。

馬による死を意識した事故が二度ほどあった。全部ぼくの不注意だった。

一番危なかったのは冬のパタゴニアで、パイネ山群にあるフランス氷河まで河や雪のつもった山道を行く旅だったが、峠にむかう「岩と雪の斜面」を行く難しいルートがある。馬も斜面は怖がるからちょっと手綱さばきを間違えると高いところに逃げようとする。しかし岩の山道というのは高いところにいくとたいてい行き止まりで、転回することもできず、雪がつもったり凍ったりしている斜面をバックするには相当な慣れと馬の操作技術がいる。いまにも斜面を馬とともに落ちそうになっていた。死を強烈に予感した。そういう状態になると人間は頭と首の後ろ、延髄とか頸椎《けいつい》のところがどうにもならないくらい硬直してくるのだ、ということを知った。要するに首が回らない状態になっていく。

幸い、先に行ったガウチョ（チリのカウボーイ）がぼくの遅れを心配して戻ってきてくれ、彼は自分の馬から下りて四《よ》つん這《ば》いになりながら硬直した馬とぼくを坂の安全なところまで戻してくれた。でもぼくと生死の境をともにしたその馬は夜にプーマ（アメリカライオン）に襲われて行方不明になってしまった。

すべてに厳しい旅だったのだ。

そのあたりの一〇年ほど、ぼくはヘリコプターから海に飛び込んだり（やらされた）、氷河のクレバスに落ちて先端の鋭くとがったアイゼンとアイスアックス二本で蜘蛛《くも》みたいにあがってきたりと、ちょっと間違えると外国で死亡、ということばかりやっていた。

居酒屋で木村弁護士が「あんたは一九歳のときにいったん死んでいるんだから」というのは実際に病院のベッドでへたりこんでいるぼくを見ている人の意見だから説得力がある。あっ、いけねえ。そんなことを書いているうちに一番書きたかった「サードマン」のことについて書くスペースがなくなってしまった。その話はいろんな事例と、人間の精神とか魂などに直結する解釈の難しい話なので、今回は結局書けそうにない。

遺言状のことに少しだけ戻る。正直にいうと、弁護士にけっこうな部分をオマカセにしてしまった。子供たちや事務所のスタッフに迷惑がかかったりタイヘンなことがないようにしてほしいのだが、ということだけを伝えた。

葬列の記憶

インドの静かで味わいの深い映画を見た。『ガンジスに還《かえ》る』。静謐《せいひつ》な作品だった。なにかと一徹らしい老いた父親が自分の死期を察し、ある日とつぜん「バラナシに行く」と家族に告げる。

インドで歳老《とし》いた人が「バラナシに行く」ということは「そこで死を迎える」という意味だ。

老人だから日常生活のアレコレに疲れが出ているとわかるが、まだ死の床に臥《ふ》せっているわけではない。

老人の家族はそれぞれの仕事に集中し、むかしのような家族団欒《だんらん》の食事風景などもあまりないのだろう、ということが少しずつわかってくる。このあたりの風景は私たち日本人にもこころあたりがあることだろう。

とくに父とあまりうまくいっているとは思えない長男は、父のバラナシ行きに強く反発するが、老いた父は頑《かたく》なだ。家族との何度かの話し合いが行われるが、老いた父の信念は変わらなかった。深い混乱と苦悩の末に、家族は父のその希望を叶《かな》えようという気持ちになっていく。

やがて父親の人生の最期を迎える旅に息子が同行していく。目的地は「解脱《げだつ》の家」だ。インドのヒンドゥ教の信者はガンジス川（ガンガー）全体を「神」と崇《あが》め、死後そこに身を浸すのをなによりも望んでいる。

目的地のバラナシにむかう途中から親子は少しずつ心をひらき、ずっとむかしの信頼のもとにあった親子の絆《きずな》をひそかに探りあてるようになる。

劇映画だが、映像もそのなかで語られる親子の会話もけれんみなく、話は淡々と進んでいく。バラナシに行きつくまでの外の風景のうつりかわりなどをぼくは注意を払って見ていた。

ここには三〇年ほど前に行ったことがある。難解なヒンドゥ教のおしえの片鱗《へんりん》も摑《つか》めぬまま、バラナシのガート（沐浴場《もくよくば》）に集まってきて野宿生活をしている一〇〇〇人以上の信者らの喧騒《けんそう》に圧倒され、いくつもの宗教歌が強烈に錯綜《さくそう》する圧倒的な熱気のなかでただ呆然《ぼうぜん》としていた。この映画で「解脱の家」と呼ばれているのはその当時「死者の家」と呼ばれていたものなのだろう。

ガートの両側にある野外の遺体焼却場から流れる煙は風のないガンジス川の川面《かわも》に漂っていた。

あとで小舟に乗って少しガンガーを遡って目撃したが、それらの遺体の多くは、川に流されるときは白い布と紐《ひも》で包《くる》まれているが、その凄《すさ》まじい暑さのなかで遺体は腐敗ガスによってふくらみ布や紐を破って露出してしまうようだ。遺体は下を向いたり上を向いていたり様々だったが上を向いている遺体の顔は大体ザクロのようにはじけてもう「顔」と呼べるものではなかった。

インド人ガイドに聞くと、禿鷹《はげたか》が流れる遺体の上にとまってまず遺体の目玉をついばむのだそうだ。

そんなそばを子供たちが歓声をあげて泳ぎ渡っていく。岸のほうを見るとガートの少し上のほうに建物が見える。「死者の家」だとガイドが教えてくれた。

自分の死期の到来を予測した人たちが全土から集まってきていて、そこで静かに死がおとずれるのを待っている家だ、と説明された。

そういう家がある、ということなど何も知らずにこの巨大な沐浴場にさまよい込んでしまったようなぼくは、自分の住んでいる国といま自分のいる国の死生観がまったく異なっていることを初めて知らされたのだった。

その呆然とした心を揺るがすように、宗教歌が狂おしいほど強烈な熱気をつんざくようにしてわが身のまわりを走っていく。

そういう驚きの体験を、この『ガンジスに還る』という映画の片隅に探していたのだった。

むじな月とジャンボン

映画はそうしたけたたましい光景にはあまり触れず、後半は親子それぞれが呟《つぶや》くような互いの人生の最後の触れ合いをさりげなく受けとめ、最後はガンジスに還るためガートにむかって進んでいく、父親の柩《ひつぎ》をかついだ小さな葬列の場面で終わっている。一人の人間のありふれた「死」を通してひとりひとりの人生の重みを改めて問うような静かないい映画だった。

この映画を見たあと、すぐにぼくの頭をよぎったのは、葬列の記憶であった。

これまでぼくはどれくらい「葬列」というものに出会っただろうか。記憶の片鱗にはたしかにいくつかあるので、どこかで出会っているのだが土地や時期の明確な記憶はない。やがてわかってきたのは、日本ではない、ということだった。

途上国をオンボロ車で行くとき、田舎《いなか》の道を不思議な一団がやってくるのを望見し、運転手が静かにブレーキを踏んで道端に止まってその一団がやってくるのを待っていた。その段階になって、これはここらのもっとも一般的な葬送なのだな、と気がついたのだった。

ネパールの葬列はお坊さんが先頭にたち、まわりに子供らがむらがっている、妙に賑《にぎ》やかな葬列だった。あれは喪主か誰かがところどころで銭などまいていたのかもしれない。

そうだ。そこまで思いだして、自分もそんな葬列のあとにくっついていった、という思いがけない記憶の小さなカタマリにいきあたった。場所は千葉の酒々井《しすい》。五歳のときに東京の世田谷からいきなりそこに越し、半年ほど住んでいた。

叔父さんが「むじな月」を見てしまった、と青い顔をしてやってきた記憶とつながっている。

むじな月というのは狸《たぬき》に姿が似たアヤカシが見せる偽の月で、山道を迷わせたり村人を騙《だま》すと言われている。

そういう山里のようなところで葬列があり、なんだかわからないまま近所の友達とその列についていったのだ。

ジャンボン、ジャンボンとなにかの打楽器が鳴らされていた。だから葬列のことはみんな「ジャンボン」と言っていたような気がする。当時は土葬が普通だった。ほとんど娯楽がない時代だったのでその鳴り物が子供らには賑やかで嬉《うれ》しかったのだ。

あの葬列と土葬とむじな月はそれぞれ連動していたのだろうか。

ゾロアスター教の葬列は見ないほうがいい、と親しい友人のカメラマンが教えてくれた。彼とは世界のかなりの国をともに旅をしていた仲だった。彼は勇気をもってどんどんいろんな被写体に近づいていくのでいつも感心していた。

「どうして近づかないほうがいいの?」ぼくは聞いた。

「いや、葬列とはわかっていたけれどゾロアスター教とは知らなかった。自分たちの葬列を他国の人の目に記憶させてはならない、というようなキマリがあるようだった。だから怖い対応があった」彼はそこまでしか言わなかった。理由はわからない。

葬列ばかりでなく墓を外国の人間に撮られるのを嫌う、という国民感情があるのはべトナムで、これはぼくが恫喝《どうかつ》されるように怒られた体験だった。理由はわからない。大人になってから、日本ではいままで一度も葬列を見たことがないのは世代が関係しているからだろうと思う。

まだクルマというものが一般化していない時代は葬儀を出した家から寺まで、あるいは墓地まで遺体は人が運んでいかなければならなかった。そんな時代には自然に葬列というものができただろう。

チベットによく行くわがツレアイの知人が急死し、次のような光景を見た。

ラサでの話である。父親が亡くなったのだが一五、六歳になるその息子が父親をおぶって近くの寺に運んだ。寺では日を選んでポアと呼ばれる魂の解放の儀式を行い、そのあと遺体が何体か集まるとたいてい寺の裏山にある場所で鳥葬の儀式を行う。鳥葬には家族は参加できず近しい人がそれを見届ける。その一人に妻は選ばれていたのだ。この顚末《てんまつ》は次章で詳しく書く。

ある日、東北のほうからの取材旅から帰ってきたわがツレアイが「こんなもの見つけたわよ」と言って一枚のチラシを渡してくれた。桐生《きりゅう》歴史文化資料館で開催中の「明治・大正・昭和の葬儀と葬列」というタイトルによる企画展の案内チラシだった。

田んぼのなかのわりあい広い道に大きな旗印を先頭に沢山の人が連なっている。ざっと見て三〇〇人はいるだろうか。しかし写真には葬列の末尾までは写っていないのでもっといるのかもしれない。

その時代、葬儀と葬列というのは一大事だったのだな、ということを存分にうかがわせる一枚だった。

それを知らせるとわが才女編集者がすぐに先方と連絡をとった。

電話に出たのはこの企画展の責任者であり、展示物の大半はこの方の収集品のようであった。早速そこへ行くことになった。

ひもかわうどん行

東北新幹線の小山《おやま》で降り、両毛線《りようもう》に乗って桐生まで約一時間。時間的には札幌《さつぽろ》や博多《はかた》に行くよりずっと遠いかんじだ。実際いまは都市の近郊の町より飛行機でひとっとびの遠隔都市に行くほうが時間的には早く着く時代になった。桐生に行くのも両毛線に乗るのもわが人生で初めてである。

駅に着くと今回の企画展の責任者、川嶋伸行《かわしまのぶゆき》さんが慎み深く待っていてくれた。

「わざわざおいでいただいてありがとうございます。ほんの小さな規模の展示です。現地に行く前にご挨拶と概要を軽く説明させていただきたいので、昼食がてらこちらの郷土食などいかがですか」

願ってもない申し出であった。

川嶋さんの説明によるとこのあたりの名物は「ソースカツ丼」に「ひもかわうどん」だという。ぼくも編集者もいまだ知らない「ひもかわうどん」にした。

それが出てくるあいだ早速その日見学するむかしの葬儀の概要のレクチャーとなる。

「展示しているのはほとんどがこのあたりの年寄りがいるお宅からの写真です。いまは黒い喪服が一般的になりましたが、明治から大正、昭和にかけてはむかしながらの白い喪服からの移行期。織物の町、桐生では安価な黒繻子《くろじゅす》の着物を開発して一大生産地となりました。葬儀場にはりめぐらせる白黒の鯨幕《くじらまく》も普通は縦縞《たてじま》ですが、横縞の鯨幕が写真に残っています。面白いことに山形から出た写真でも横縞のものがありまして。桐生は天領、つまり幕府の命で作られた新しい町で、よそからお寺さんごと移ってきたりしましたから、そのような理由で縁が深い地域があるんでしょうね。まあ、学者でもないのでわたしなどには調べきれませんが」

まもなくめあてのものが出てきた。

うどん――とはいうけれど「ひもかわうどん」ときたら幅がゆうに五、六センチはあ

弔故飯塚光四郎之霊

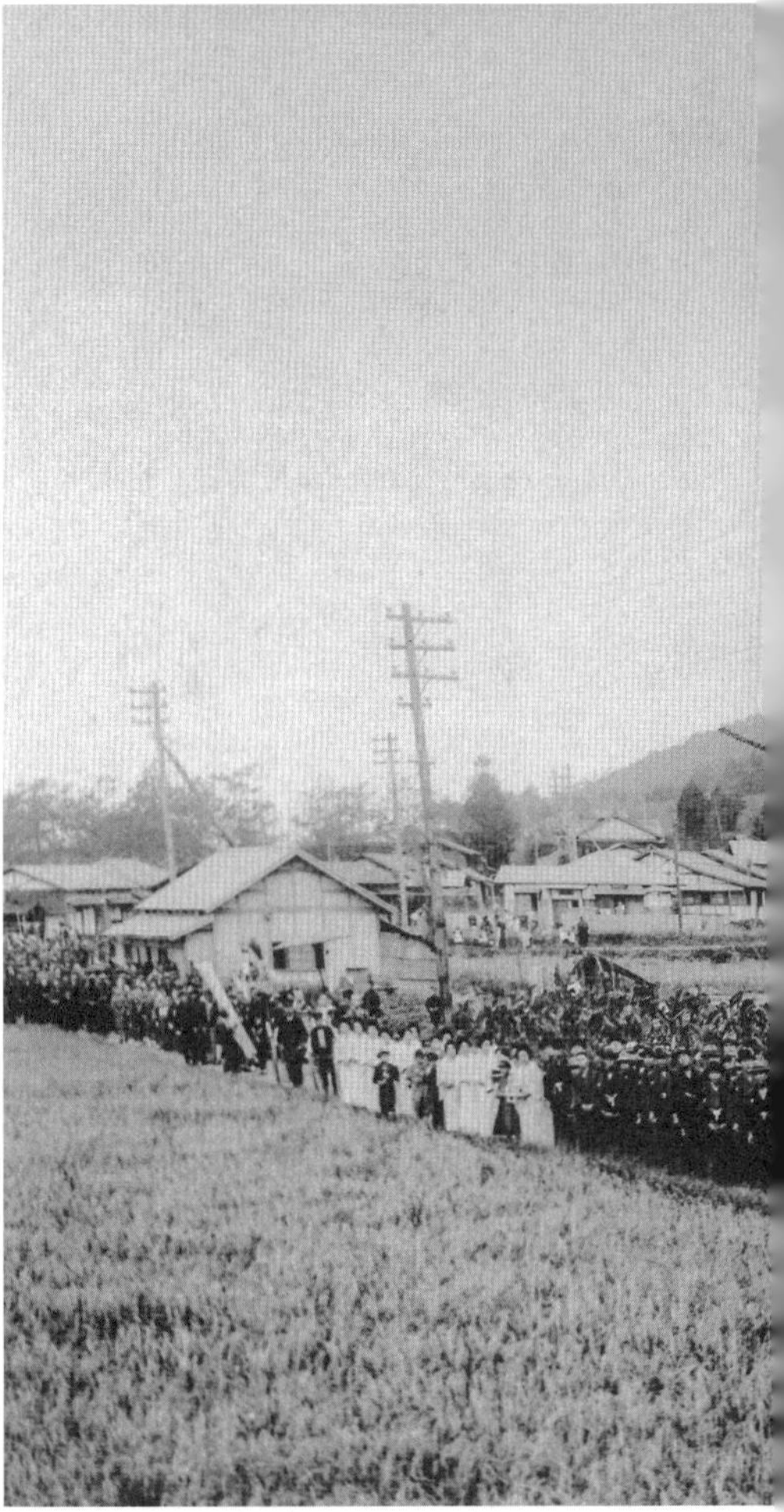

故人の名が大きく墨で書かれた幟旗《のぼりばた》や供花のあとを何百という人がついて歩く。葬列が自宅からまっすぐ火葬場に行くことは少なく、故人ゆかりの場所に立ち寄り撮影をしたという（企画展「明治・大正・昭和の葬儀と葬列」より／桐生歴史文化資料館提供）

る。

そのまま吸い込むと口の前でベロベロになり始末が悪い。東海林《しょうじ》さだおさんのエッセイにこういう麺でカレー味のものを頼むと、そのベロベロで、Yシャツがカレーの飛沫《ひまつ》だらけになる、と怖いことが書いてあった。こういうことを書いているとページがすぐなくなる。

目的の資料館はそこから数分のところにあった。入り口の横に物品販売台がありそこには折り畳んだ着物や帯が並べられている。「どれも五百円」と書いてある。男のぼくにはよくわからないが、いかにも絹と織物の町。奥に行くともっと沢山のリッパな着物や帯がとんでもなく廉価で売られていた。やや年配の上品な女性がやわらかく客あしらいをしている。売り場の壁の部分にはおそらくこの地方の古文書などが陳列されており、購入もできるようだ。

「明治・大正・昭和の葬儀と葬列」展はその奥のスペースにあった。大きくひきのばされた葬列の写真が何点も掲げられている。

織物の町として栄えた桐生の景気のいい頃の町並みがうかがえる。家がつらなる町を背景にいくつもの葬列の写真が並んでいる。

川嶋さんに聞くと大きく長い葬列はここらの織物工場の経営者のものだという。写真をよく見ると端のほうに刻印が押されており、ちゃんとした写真館の手になるもののようであった。だからひとつひとつの写真のピントはしっかりしておりこれだけ年を経ても表情まで見てとれる。

それらを見ていくと、当時の葬列というのは故人の偉大な功績と権勢をあらわにしたものでもあったらしい、とよくわかる。いかに大きく立派な葬儀を出すか、ということが大きなテーマになっていたのだろう。

「集合写真は、自分のお店や工場の前、所有の畑の前など自分の権勢をよく伝える場所で撮られているんですよ。当時すでに仏式の葬儀がほとんどのようですが、お坊さんと神式の神官とが両方とも参加している葬列もあります」

指さす先を見るとたしかに僧侶と神官だった。

「この写真は、故人所有の工場の前で撮られています。端のほうに揃《そろ》いの着物で並んでいるのはこの大店《おおだな》の職工さんでしょう。織物が主体なので女性がほとんどですがね」

川嶋さんの説明は簡潔でわかりやすかった。

霊柩車《れいきゅうしゃ》のうつりかわり、というコーナーもあった。新しい霊柩車を入手すると新聞広告を出したらしい。この当時は「葬儀社」というよりも「造花店」がこれらの葬儀、葬列を仕切っていたらしい、ということもそれらの写真や資料でよくわかった。

しかしこの霊柩車をはじめとして葬列にクルマが入り込むようになると、大名行列のような規模の葬列で権勢を誇る、ということは次第に変化していき、今日のようなものになっていったのだろう、ということがしっかり理解できた。

鳥葬へのあこがれ

数年前、たて続けにアラスカ、カナダ、ロシアの北極圏に行った。それぞれマイナス四〇度前後だった。北半球ではこのような北極圏よりもシベリアのほうが極寒になる。北半球で一番寒いのはシベリアのサハ共和国・オイミャコン郡である。ぼくがウスチ＝ネラ村に行ったときはマイナス五九度になった。北極圏より寒いのは内陸地で海から遠いからだ。マイナス六〇度台になると飛んでいる鳥も落ちる、と言われていた。

こういう極北地帯では人が死んだときどういう葬送のしかたをするのだろうか。ぼくがそれらの国々を旅していた頃は、まだ「人の死」や埋葬のしかたなどを考えていなかったので、そういう疑問を持たなかった。いま思えば貴重な機会を逃してしまったと思うが、その当時、聞いてもそういうところに住んでいる人はあまり明確に答えてくれなかっただろう、とも思う。

北極圏はどこも過酷だった。シベリアの内陸部よりも気温はいくらか高いが、でもマイナス四〇度の日々は相当に厳しい。とくに厳冬期は、白夜ならぬ太陽が出ない「黒夜」だから人間の感覚（精神状態）も含めて毎日生きていくことを考えるので精一杯になる。

そのような極限地帯を旅したことによってぼくは「森林限界」の持つ厳しい意味を初めて具体的に知った。森林限界とはあまりにも寒冷すぎて草木が生えても林にすらならない、という地域のことだ。それまでは山のピークなどで感覚的に理解していた。日本でも北アルプスなどの山々に登ると花崗岩《かこうがん》などがむきだしになり、木も草も大きく生育しない。その当時は「高さ」がそういう極限状態の自然を生むのだと理解していたが、この「森林限界」は地球規模で存在していたのだった。

日本は地球の温帯エリアに位置しているから全国に森林があり、あたり一面に草が生い茂っている自然の豊かな国だ。地球という惑星を作ってくれた宇宙の造作に感謝しなければならない。だから日本にいれば、ついついそういうやわらかな自然状態が普通なのだろう、と思ってしまう。感覚的に地球のすべての国が同じじゃないかな、などと思ってしまう。でもそれは錯覚である。

人が死ぬと温暖地帯では、古代だと山の奥深くに放置したり、谷川に流していたようだ。もう少し時代が進むと大地に埋めた、と多くの本に書かれている。でも、今思えば、あの極寒のエリアに暮らしている人の自然環境は、木がないから死んだ人を燃やすこともできない。大地に埋めようとしても氷や雪がはりつめた大地は地下五、六メートルに達するまで凍った土地である。掘るのも大変だし、もし三メートルほどの穴を掘れたとしてもそこはツンドラであり、春がきても夏がきても遺体は冷やされたままだ。

たぶん海に流すしかその〝始末〟の方法はなかっただろう。

けれど冬のあいだの北極圏の海は厚い氷に閉ざされている。夏ならば海に流すことはできただろうが、厳冬期には、放置しておくしか方法はなかっただろう、と今、北極圏の殺伐とした風景を思いだしてそう思う。

自然葬の〝お土地柄〟

古代、遺体の処理は基本的にはその土地の気候、風土に影響された。その当時から葬送の大きな目的は死体を隠蔽、消滅させることにあったから、遺体を山林や原野、砂漠、洞窟などに放置する、河川、海、湖などに流し、魚や海獣の餌とするなど、風葬と水葬が主だったはずだ。それらを葬法と一口に言っていいのかどうかわからないが。初期は人為的に処理するよりもこのように自然に委ねる方法が多かったろう。

前回触れたが水葬といえばインドのガンジス川で行われる自然葬だ。現在インドの人口の八〇パーセントがヒンドゥ教徒と言われているが、実は葬儀の方法もそれぞれの宗派で異なる。ガンジス川のバラナシあたりに行くと、遺体を焼いて火葬にし灰や骨を流す方法と、白布でくるんでもっと上流から遺体を流す方法などがある。宗派によって手法が違うが互いに干渉しない。ぼくはバラナシでそれらまったく違う葬送をまのあたりにしたが、その違いの意味はあとでこれらのことを書いた本で知ったのだった。

土葬は風葬、水葬よりも人為的な葬送に思える。『世界の葬送・墓地』（森茂《もりしげる》、法律文化社）には、五万年前にネアンデルタール人の骨が発掘された洞窟で大量の花粉が発見されたことからすでにその頃から土葬が行われていたのではないか、と書かれている。五万年も前の話である。確証はないらしいが。

土葬は大地がやわらかい土であり、周辺がかなり広いところで可能だった。かつての日本の埋葬も殆《ほとん》ど土葬だったが、もともと土地の狭いこの国ではいつしか限界がくる。

日本のそうした時代の葬送については民俗学者の柳田國男等の著作をもとに拙著『ぼくがいま、死について思うこと』に詳しく書いたのでここでは割愛する。

その本を書いている頃に改めて気づいたのがアメリカには土葬が多い、という現実だった。ぼくの娘がかれこれ二〇年ほどニューヨークに住んでいるのでその実態を調べてもらったがそのとおりであった。あの狭いマンハッタンにも区画はわずかだけれど土葬による古い墓地がけっこうあったという。

映画など見ていても柩《ひつぎ》を土の穴に入れるシーンがよくある。

次第にわかってきたのは、これはキリスト教に深く関係しているということだ。キリスト教といってもプロテスタント、カトリック、東方教会などによって若干異なってくるが、共通するのは、キリスト復活信仰だ。キリストが十字架に磔《はりつけ》にされて死んでから三日後に復活したというエピソードをもとに、最後の審判の日にはすべての者が復活する（つまり生き返る）と信じられているのだ。土葬を主とするのは、自分が復活したとき骨だけでなく肉体を持ってそれを迎えたい、という意識が強いからなのだろう。

大むかしから伝統的に呼吸と心停止をもって人の死が宣告されてきた。そのため、まだ完全に死亡していない段階で埋葬される、つまりいったん土中に埋葬された棺桶《かんおけ》のなかで蘇生《そせい》する、という事件がときおりおきた。そこで呼吸の停止、心停止に加え瞳孔散大・対光反射の消失を確認し、死の宣告がなされるようになったのが二〇世紀に入ってから。

　けれど、それでも肉親の死に納得できない遺族もあって、地表から棺桶の顔の部分が見える望遠鏡のようなものを柩に取り付け、埋葬された後も遺族がしばしばそのレンズを覗《のぞ》きに行った時代があったというからものすごい話だ。

　というような文献を読んでいるうちに欧米映画にしばしば出てくる「ゾンビ」のことについて考えていた。

　ゾンビをテーマにした映画が時々日本でも公開されている。でもぼくはあれがちっとも怖くなかった。墓場から土葬された死人が頰とか胸とか腹などの半腐れした肉をボタボタ落としながら集団でそこらの人々に襲いかかる、というふうに大体ハナシは決まっている。追われる人々はキャアキャア叫んで逃げまどうけれど、そんなのちっとも怖くはないではないか。

　でもこれは、おのが身をどんどん腐らせながらも、土の中で復活をじっと待っている宗教あっての怖さだった。

妻から聞いたチベットでの「鳥葬」

自然葬のなかで日本人にもよく知られているのはチベット仏教およびゾロアスター教の鳥葬だろう。

冒頭の森林限界、という背景でいえば、伝統的なチベットの領域はその七割が標高四〇〇〇メートル以上であるから豊かな森林や草原などは存在しない。太古に海底から隆起した地形であるから大地は殆ど花崗岩である。

火葬も水葬も土葬もしにくい広大な地域（現在の「チベット自治区」エリアだけでなく、チベット高原全域とその周辺部を含めた〝本来のチベット〟は、およそ日本の七倍の面積）のなかで、チベットの人々の葬送と深い関係があるのが、常に空腹であるハゲワシと、チベット仏教の信仰の基本である「施し」である。

チベット仏教徒が人生で一度は果たしたいと望むのが聖山《せいざん》であるカイラスへの巡礼である。巡礼に向かう道程も功徳《くどく》を積む、という考えから〝五体投地〟で何カ月もかけて向かう者も多い。

五体投地拝礼は、まっすぐ立った姿勢で両手を高く上へ伸ばし、祈りながらそのまま前方に体を折り曲げていって大地に頭をたたきつけんばかりに倒れ伏す。それから手のついたところまで腰や足をひきずって立ち上がる。以降ずっとそのシャクトリムシのような同じ動作を繰り返して前進していく。自分の背丈だけの距離を祈り進む、というわけなのである。

チベットの古都ラサからカイラスまで約一二〇〇キロ。人によって体力によって一年から二年はかかる。途中で倒れて死んでしまう巡礼者もけっこういるようだ。チベットの人々はこういう巡礼者に出会うと手をあわせ、僅かながらも施し（たとえば路銀、食料など）を渡す。

チベット文化はこの相互の助け合いの基本理念でかたちづくられている。

よその国の人々からはとかく奇異に見られることが多いが、鳥葬はこの「奉仕」と「施し」の精神が基本にある。

チベットにおける鳥葬のあらましをもっと具体的に書いておこう。前にも少し触れたが、ぼくの妻は二度、チベットで鳥葬に立ち会っている。伝聞として鳥葬を書いた文献は多々あるが、実際に一部始終を体験し実録として書かれているのは妻の本ぐらいではなかろうか。一度目は、妻の親友の父が死んだときで、『わたしのチベット紀行』（集英社文庫）に詳しい。二度目は、ぼくと妻の共通の親友のチベット人が死んだときだ。

我々よりも若い父親だった。まず寺に運ばれると僧侶は枕経《まくらぎょう》をあげ、チベット暦（毎年祈禱師《きとうし》が作成する。元日は毎年違うが日本と同じように友引とか大安などに似た特定日がある）を見て、死者にとって悪くない日が鳥葬の日程として選ばれる。

一度自宅に戻った遺体は、僧侶と占星術師による細かな指示のもと（頭をどの方向に向けるかなど）安置され、鳥葬までの間、読経のなかで弔問を受ける。僧侶が遺体に「ポア」の儀式を行う。ポアとは魂を解放する、という意味だ。（まちがって「殺すこと」などと解釈していた組織があったが）ポアによって魂を解放された遺体は単なる「骸《むくろ》」とみなされる。

鳥葬が行われたのは、亡くなってから三日後だった。初めて知ったが、寺には、息子（中学生だった）が父親を背負って遺体を届けるしきたりになっている。息子もそのあとに続く葬列に参加する者も寺に着くまで決して後ろを振り返らない。死者に自宅に帰る道を知らせないためだ。

その朝までに寺には別の新たな遺体が届けられ全部で三体となった。血縁者は鳥葬の現場に行くことはできない。女性も原則的に禁じられている。とりわけ死者と親しくしていた妻は特別に立ち会いをゆるされたのだった。

大きな寺の背後はたいてい荒れた石山になっていて、そこが鳥葬場だ。まわりに常に沢山の空腹のハゲワシや犬やカラスなどがいる。

鳥葬はチベット語で「チャトル」。チャは鳥、トルは細かくして分ける、という意味で、骸を空腹の鳥獣に施しとしてあたえる、というのが鳥葬の基本の精神なのである。

通称まないた岩というのがあって文字どおり遺体を解体できるくらいの大きくて平らな岩だ。鳥葬場に遺体が運ばれると、鳥獣たちはたちまち興奮狂乱する。僧侶の手伝いをする、つまりは弟子の弔い師たちが遺体を裸にし、大きな刃物で体をさばき、病気で亡くなった人であればその部分をひっぱりだしてまわりの参会者に見せる。

それから遺体は大きく骨ごと断ち切られていく。あくまでも鳥獣たちに食べやすいようにしてあげるためだ。大腿骨《だいたいこつ》や頭蓋骨など硬いところは石で細かく崩していく。硬い骨はツアンパ（ハダカムギの粉。団子にして食べることが多い）をヤク（高地順応した巨大な牛）の乳で溶いたものでくるんで食べやすくしてやる。そのあいだにも興奮したハゲワシや野犬などがむらがってきて参会者はそれらを追い払うので大変な労力を必要とする。

読経のなか、三人の遺体は一時間もたたないうちにあとかたもなくたいらげられてしまった。獲物がなくなるとハゲワシらはさっさと空の彼方《かなた》に飛んでいってしまう。あとには骨の一片すらのこらない。

チベットにも、主に貧しい者たちが行う水葬、伝染病など悪病による死者や罪人に行う土葬、学者や身分の高い者に行う火葬、高僧のミイラを仏塔に納める霊塔葬などがあるが、鳥葬が一般的だ。葬儀や鳥葬のための儀式も、鳥葬に立ち会った者たちのその後のしきたりも初七日、二七日《ふたなのか》、四十九日の法要の儀も数々あるが、香典もパン一つ分の額から背広が買えるほどの額までさまざまだし、祈禱を頼むために僧侶や寺に納める御礼も、そのときできるだけのことをすればいいのだという。

弔いの期間に故人を偲《しの》ぶ品物、日記のたぐい、写真、大切にしていたものなどはすべて廃棄、焼かれてしまう。この世に生きてきた痕跡をそっくり無くしてしまうのだ。「転生」のためだという。これは徹底していて家族で写した写真などは故人の顔だけ丸く切り取ってしまう。

これには驚いたが、その人の死というものをこの世からすっかり消してしまうから、いろいろさっぱりする。当然仏壇もないし、戒名《かいみよう》なんてのはハナから論外だ。このチベットの葬送を理解すると金ばかりかかる日本の葬儀がいかに歪《ゆが》んでいるか、ということが感覚的にわかってくる。鳥とともに天空に消えていく故人に「あこがれ」のような感覚を抱いてしまう。

チベットの古代遺跡。巡礼路の険しい山道を行きながら、厳しい自然のなかの堂々たる文明に圧倒されることも多かった（チベット・二〇〇六年）

近代化で変容する「自然葬」

同じような鳥葬を行っているのに信仰と葬儀、という点でもっと特異な戒律や情報秘匿を貫いているのは古代ペルシアを起源とするゾロアスター教である。この宗派は「拝《はい》火教《かきょう》」ともいわれ、徹底して屍《しかばね》を不浄なものとして扱う。土葬は土が穢《けが》れる、水葬は水が穢れる、風葬は風が穢れる、拝火教といわれるだけあって火葬などもってのほかだ。

拝火教の信者が死ぬと「ダフマ＝沈黙の塔（直径三、四メートル、てっぺんに金網がしかれており高さは七、八メートル程度）」の上に遺体を安置し、ハゲワシなどの食餌にする。自然に任せて始末する、という点では同じだが、チベットでは魂を抜いた骸を空腹の鳥獣に御布施としてあたえているのに対して、ゾロアスター教はあくまでも不浄のものを、この世でもっとも下賤《げせん》の生き物に始末させる、という考え方だ。

死亡時に天候が悪いときは乾燥した石材、木材などによって臨時の遺体安置所を作る。この遺体安置所には二人の男が遺体を運び張り番をする。

一人で世話をするとその者にはあらゆる身体の孔《あな》から悪魔がとり憑《つ》き永久に不浄となる、というから恐ろしい。このほかゾロアスター教のしきたりや戒律は多岐にわたり、興味深くも聞くだけであとずさりしてしまいそうな事項が多い。

現在、もっとも信者数が多いといわれるインドではゾロアスター教徒は八万人あまり。沈黙の塔はかつて七カ所にあったが現在は二カ所だけだという。

ぼくもかつてムンバイの沈黙の塔のそばまで行ったことがあるが、その日は塔の上の葬送はなかったようでまわりにある森林にいるハゲワシやカラスなどのしわがれた鳴き声だけがあたりに響いていた。

この沈黙の塔もインドの猛スピードの近代化によって付近に高いビルが建設され、そこから沈黙の塔の上に並べられた遺体がハゲワシに始末される様が丸見えになる、などの環境の変化によってなんらかの変革を強いられているようである。

東京のイスラム教モスクに行く

原宿《はらじゅく》あたりからタクシーで帰宅するとき、井《い》ノ頭《かしら》通り沿いの代々木《よよぎ》上原《うえはら》近辺でひときわ立派に異彩をはなつ建物にいつも目を奪われる。すぐに「異国のもの」とわかる建物の造りでそこを通過するとあと一〇分で自宅、という安全帰宅の目印になっている。

建物は大きく、かなり高い尖塔《せんとう》が美しい。その建物がイスラム教のモスク、つまり礼拝堂である、ということはわかっていた。長いことその程度の認識で通りすぎていたのだが、この連載をはじめてから、このモスクにむける興味が大きく変わっていった。

ぼくはイスラム教について殆《ほとん》ど何も知らない。過去の旅でイスラム教の国にはけっこう行っているのだが、世界四大宗教（仏教、キリスト教、ヒンドゥ教、イスラム教）のうちもっとも知識が欠けているだろうと思うのはイスラム教だ。

もともとぼくは無宗教であり、たぶんどの宗教に対しても基礎的な知識のカケラもないバチアタリ者だが、最近、自宅からクルマでわずか一〇分のところにあるこのモスクをにわかに意識するようになった。ときおりクルマの窓からこのモスクのまわりにいかにも「イスラム教徒」然とした男女が集まっているのを目にし「あの建物のなかの異国性みたいなもの」がずんずん気になっていった。

面白いものでこの連載の担当編集者である才女Tも、同じ頃、日本に暮らす外国人はどの程度、彼らの宗教の寺院や教会などに関与し、よりどころにできているのだろうか、ということに興味を持っていたという。とくに、公共施設やホテルなどに増えつつある印象の「礼拝所」の存在が気になっていて、日本におけるイスラム教のことや、イスラム教徒が「死」に際してどのような対応をしているのか、ということを調べ始めていた。

一説には日本在住の外国人イスラム教徒は約一〇万人、日本人イスラム教徒は一万人、ともいわれるそうだ。異なる文化・宗教で暮らす彼らにとって不便や違いがもっとも顕著に現れるのが、毎日の食生活と「死」に直面したときだろう。

調べはじめてすぐに「イスラム教徒が日本で土葬できる墓地は限られている」という

問題があることがわかった。

この際、いきなり墓地に行くよりも、まずはモスクを訪ねてみるところから始めたらどうか、とどちらからともなく次なるテーマが決まっていったのだった。

尖塔のある街

一二月の金曜礼拝の日に現地で待ち合わせをした。

正式名称を「東京ジャーミイ・ディヤーナトトルコ文化センター」というこのモスクの見学は、とくに申し込みなどいらず、軽い戒律を守れば誰でも自由になかに入ることができる、ということであった。

ぼくのほうが一足先に着いたので、道路側からモスク全体の写真を撮ることにした。建物全景が撮影できる場所があるかなど事前に調べていかなかったのだが、広角の二一ミリレンズを持っていったのが正解だった。

数日前から木枯らしが吹きすさび、街路樹の落ち葉がしきりに舞っていた。道路の中央分離帯からかなり高い尖塔までがやっと入るところで撮影した。

そのあいだにも何人かの信者らしき人がしきりに出入りしている。女性はみんなストールかスカーフを頭から巻いている。イスラム教の戒律にならい、女性は頭（髪の毛）を布で隠すことが決まりだ。事前に聞いていたが、さらに男女ともにショートパンツ、タンクトップなど肌があらわになる服装での礼拝堂への入場は禁止されている。もっともその日、そんな恰好《かっこう》でいたらいっぺんに風邪をひいてしまうほどの寒さだったが。

一般の見学者はこの程度のルールを守ればいいが、からだの清潔を重んじるイスラム教徒は礼拝の前に必ず水で手足や口、鼻、頭を清めなければならない。

見学者はこのいかにも冷たそうな礼拝準備は行わなくてよい。二階の礼拝堂へ続く階段も通路も大理石造りの立派な建築物だった。

五、六人連れのイスラム教徒の何組かと出会った。そのうちの一グループの引率者らしきどこかの国の人が、ぼくの顔を見てやわらかく微笑《ほほえ》む。みんなとても心根がやさしそうで親切だった。かなりの老齢のおばあちゃんの世話をしながら礼拝堂へ連れていく数人がいた。そのあたりでぼくは才女Tと合流。入り口で靴をぬぎ靴下になって大理石の玄関からモスクのなかに入った。

思っていた以上に大きくて立派なモスク内部の美しさに圧倒された。いくつものドームからなる天井、ステンドグラスの窓、床は一面に絨毯《じゆうたん》が敷かれ、壁面のいたるところに色鮮やかなタイルで装飾が施されている。よく説明のできないいかにもイスラム風、としか感想をのべられない美しい模様などに囲まれて全体は荘重な静けさのなかで森閑としている。

イスラム教では偶像崇拝を禁じているので、建物の内外に施された意匠は、すべて啓典『クルアーン（コーラン）』や『ハディース（預言者ムハンマドの言行録）』からとった言葉や宗教上の重要人物の名前を流麗なカリグラフィで表現しているのだという。

そこかしこにいる十数人の人たちはメッカ（マッカ）の方向をむいて熱心な礼拝を繰りかえしている。床にすわって、黙って瞑想《めいそう》のような姿勢をとっているすぐそばにいた日本人女性三人組は、モスクで借りられる白いスカーフで頭を覆っている。イスラム教徒ではなく見学に来ているようだった。

遅い午後の光が絨毯に長くのびて、すべてが美しく、ここだけゆったりした時間が流れているようだった。

何人かのグループはそれぞれの場所で礼拝場の正面、つまりモスクの西側をむいて祈っている。その方向の壁には、「アッラー（神）」の名が刻まれるなどひときわ凝った意匠が施されているが、信者はそれに対してというよりもその方向のはるかな先「聖地メッカのカアバ神殿」にむかって祈っているのだった。

信徒は一日に五回、決められた祈りの時間にアッラーに祈りを捧《ささ》げることになっている。

話には聞いていたがこの「メッカにむかって」ひたすら祈る姿が、実際に見るとぼくにはえらく新鮮な立ち居ふるまいに感じられた。

見えない神に向かって

キリスト教でも仏教でもヒンドゥ教でも祈る人々の前にはだいたい「キマリモノ」の十字架や仏像などがあって、祈りはそこに向けられている。同じ仏教でも「仏像」はいろいろで、それぞれ宗派によって異なる象徴がある。チベット仏教などの寺院のものには激しい怒りに満ち、鬼神のごとく憤怒《ふんぬ》に燃えた顔のまわりに髑髏《どくろ》が十いくつも並んでいたりして、祈る人はそのあいだずっと怒られている、というような構図になっていたりする。

同じ仏教でも小乗（上座部《じょうざぶ》）仏教のミャンマーのそれは、ほのかに一人笑いをしているものから半分眠ったような表情のものもあってまたずいぶん違う。

ヒンドゥ教になると、生首のネックレスをした女神が、手に殺したばかりの人の頭などを摑《つか》んで振り回していたりするかと思えば、口から「あーん」と長いベロを出したものや、顔が象になっていて真ん中の長い鼻がまことに異形《いぎょう》でたじろぐような神様の像もあり油断がならない。

アッラーをかたどったものが一切ゆるされないイスラム教では、そういう眼前の「祈りの対象」というものがちっとも存在しないぶん、イスラム教徒らの思いや願いは、遠い宇宙空間の彼方《かなた》に静かに確実にむかっているようで、むしろ不思議に安定した実感があるのが不思議だった。

いつのまにかTがモスクの掃除をしていた男性に声をかけて、建物や調度の解説などをしてもらっていた。ムスリム名・ファイサルさんは四〇歳のアメリカ人。日本風にいえば「礼拝堂の世話人」のような仕事をしているスタッフなのかと思ったら彼は、日本企業で働くビジネスマンで来日して一七年になるという。

イスラム教徒にとってもっとも大切な礼拝が行われる金曜日に週休がとれるよう会社が配慮してくれているそうで、毎週金曜日はできる限りモスクで過ごし、掃除や案内など様々な手伝いをしているという。

「ジャーミイ」とはもともとアラビア語で「人のたくさん集まる場所」という意味。イスラム教徒にとってモスクは祈りの場であると同時に人々のコミュニティの中心。入信式や結婚式、葬儀など人生の様々な節目の場として開かれているという。大きな祭りのときの礼拝やラマダン期間中には無料の食事がふるまわれたりもし、全国に九〇以上あるモスクのなかには宿泊できるところもあるという。基本的に運営は寄付によってなされ、規模の大小にかかわらずすべてのモスクが平等であり、カトリック教会のようなヒエラルキーはないという。

「いってみれば、公民館でもあり、学びの場でもあり、兄弟姉妹とともに食事をする場であり、海が荒れれば逃げ込める港のような、シェルターでもある」と、東京ジャーミイの広報と出版物を担当する日本人ムスリムの下山茂《しもやましげる》さんが教えてくれた。

日本に住むイスラム教徒の人たちの死への向き合い方、とくに葬儀と埋葬について知りたいと思い、まず見学に来てみたのだ、と伝えると「ここでも年に数件ありますし、あちこちのモスクでの葬儀は増えていますよ」という答えが返ってきた。出身国によって差はあるものの、故国に遺体を航空貨物として送ると高額だし、そうしたくともなかなかできない教徒も多い。

死は人生の終わりではない

「イスラム教徒のお葬式は、亡くなった人の親戚や知り合いだけでなく、通りすがりのムスリムもみな参加します。イスラム教徒同士は兄弟姉妹なので、きちんと葬るのは残された者の大切な役目と考えるからなんです」

だから、葬儀を行ってもモスクにお金を支払う必要はない。埋葬費や運送費など葬儀会社や霊園に支払う費用はあるものの、各地のモスクのサイトなどをのぞいてみると葬儀にかかるお金は一般的な日本の葬儀価格よりずいぶん安い。

ここ、東京ジャーミイでも、年間数件はジャナーザ（葬儀）の礼拝を執り行い、山梨にあるイスラム霊園に埋葬する。〝遺体のないジャナーザ〟もある。つい先日あったというウイグル人の葬儀の礼拝は、故郷にいる父を亡くした教徒のためのもので、総勢一五〇人ほどが参列したという。

イスラム教は土葬である。

これは、来世への信仰がもとになっている。人の死は現世の終わり。愛する人との一時的な別れにすぎず「審判の日」にはまた蘇《よみがえ》ってくると信じられている。このへんはキリスト教の「復活信仰」と同じだ。

イスラム教徒は現世で「よきこと」を行い、死の直前にはそれでもなお犯してしまった罪を悔いて神の赦《ゆる》しを請う。

死が確認されるとできるだけ早く埋葬しなければならない。必ずしもモスクで葬儀をする必要はないが、ほとんどの場合、遺体はいったんモスクに運ばれ、同性のムスリムによって洗体されカフンという白布で包《くる》まれてから柩《ひつぎ》に入れられ、イマーム（指導者）によって葬儀の礼拝で祈りが捧げられる。

もっとも美しい墓

遺体の入った柩は都市部では自動車、地方では柩を先頭にした葬列をつくり墓地に運ばれる。たまたまこの葬列と出会ったムスリムはまったくの他人でも柩を担ごうとするらしい。柩をみんなが担ごうとし大勢が殺到するため、あまり長く担いでいられないときも、男は最低でも七歩は担ごうとする、なんてこともあるそうだ。

埋葬する際は、メッカの方向に顔を向けて土葬する。名前を彫り込んだ墓石などは基本的に置かない。置く場合もごく小さな〝印〟程度のものがよいとされ、これも地域差があるが、たとえばアフリカのスーダンやサウジアラビアでは、そこらの「石」を載せるだけの簡素なものが多い。とにかく、大きな墓石は復活の日に邪魔になる、という考えなのだ。

日本で執り行われるムスリムの葬儀も基本的には同じであり、イスラムの教えには

「墓は天国の庭園のうちのひとつ」「もっとも美しい墓はこの地上から消えてなくなるものである」という言葉もあるそうだ。

これらの話は、モスクを見学していた五、六人の学生らしき真面目《まじめ》そうな都会の青年たちにレクチャーをしていた下山さんのかなり詳しい説明を要約したものだ。

下山さんに話を聞いていたのは淑徳《しゆくとく》大学の教授に引率され見学に来ていたゼミの学生たちだった。大学三年生と言っていたが日本人の大学生がびっくりするほど幼く見えたのだがこれは余計なコトであったか。

もうひとつこのときぼくが感じたのは、たとえば日本の寺院が外国にあって、その国の人たちが僧侶やスタッフでもないのにその寺院で仏教の広報伝達活動（勧誘ではナイ）をしていたりするだろうか、ということであった。

下山さんはムスリムとして「東京ジャーミイの広報」を担当している人だからある意味あたりまえだが、モスクで会って話を聞いたファイサルさんやその友人たちは、普通のムスリムだ。そういう人が熱心に手伝い、聞かれれば淡々と「正しいイスラム文化とイスラム教理解」のための広報活動を行っている。しかも、宗教的な勧誘をにおわせることのない不思議に開かれた会話なのだった。

まあそんなわけで東京におけるイスラム世界の探訪は短時間で終わったけれど、見ていてここちよかったのはそこにやってきている人がたとえ信徒ではなくてもじつに屈託なく精神を解放されたようにのんびりくつろいでいたことであった。

敦煌の土まんじゅう

外に出ると木枯らしはさらに強くなっていた。ぼくの予定では夕景のモスクを撮影するつもりだったがもうあたりは完全な夜だった。Tとはいつも取材のあと近くのお店に入って原稿のための打ち合わせをするのだが、その日はなにか作戦があるらしくそこからタクシーに乗って池袋《いけぶくろ》にむかった。

「敦煌《トンコウ》でシーナさんが行ったことがある店がいま日本でやっている」という話だった。うっすらと記憶があった。一五年ぐらい前の話だ。

灯台に登っていくようなグルグル階段を三階までいくとその店があった。「沙漠之月《さばくのつき》」。一五年ほど前のおもかげを残した女店主、英英《インイン》さんが待っていた。沢山の異国の香辛料が混ざったいかにも旨《うま》そうな料理の匂いがここちいい。

壁にその当時まだ幼児だった娘さんを抱いている英英さんとぼくの写真が貼ってある。高校生になったその娘さんがカウンターにいた。学校でぼくの小説を勉強したのだと、

敦煌に向かう道程にて。ウイグル人の経営する食堂に集う人たち
（中国・一九九八年）

取り出した国語の教科書にサインをした。娘さんは「沙月《さつき》さん」という名だった。

そこで煮込みタマゴを肴《さかな》に青島《チンタオ》ビールを飲んだ。敦煌には三度ほど行った。漢《かん》民族とウイグル人が多いから仏教徒とイスラム教徒が混在していて、中国シルクロードの始まる街だった。

昼からの感覚が残っていてそのあたりの葬儀や埋葬の話に自然になった。

英英さんの故郷は敦煌からほど近い、中国甘粛《かんしゅく》省張掖《ちょうえき》市。漢族、回《かい》族、ウイグル族、チベット族など多彩な民族が住む地域で、イスラム教徒も多いエリアだ。彼女の実家の村は仏教徒が多かったそうだが、なぜか葬式のときはいきなり道教のやり方で式が行われていたという。実家のお墓は、「土《ど》まんじゅう」だそうで、英英さんの日本人の夫は、自分が死んだらあそこに葬られたいと言っているそうだ。

道路を挟んだ家の向かいの草っ原に、家ごとにこんもりと土まんじゅうが列をなす風景が広がっているのだろうということが、かつて訪れた敦煌の記憶とともにうかびあがってきた。

ずいぶん前に、ぼくはミイラのたくさん発掘された楼蘭《ロウラン》に行った。大がかりな探検隊でしか行けない旅だったが二〇〇〇年前にアーリア系の人々が住んでいた砂漠のなか、ほぼ砂でできた城を目指す、いまのぼくではもうとうてい行きつけないだろう幻のような長い旅だった。そのとき探検隊のルート案内をしてくれたのがイデリスというムスリムネームを持つウイグル人だったことを突然思いだした（イデリスというムスリム名はないから「イドリス」では、と指摘があったが記憶のままに記す）。

墓のない国

高野秀行《たかのひでゆき》さんに興味深い話を聞いた。高野さんは不思議な魅力に満ちた自由な執筆家で、その行動は日本ふうに言うとモロに探検家、冒険家だ。

本人はそんなふうに言われると困るようだから以降ここではそうしたレッテル貼りはしないことにする。

彼は興味の赴くままに世界のいろんなところに行ってしまう。そうしてサラッとものすごく面白厳しい体験をして本に残し、我々を楽しませてくれる。高野さんほどではないがぼくも世界のいろんなところをはい回ったり転げたりしてきたことを本に書いているので、彼と会うと同じ種の生物に出会ったみたいな懐かしい気安さを感じ、とても楽しい。

こういうテーマで書いているので、せんだって会ったときに、高野さんがポロッと言った「タイの葬祭」の話にとびついた。

ムエタイを見に何度かタイに行っているが、その頃はまだこうした「ヒトの死」やそれにからむ情報にまるで鈍感だったのでマンガみたいにポカンとして過ごしていたのが恥ずかしい。

高野さんは延べ二年ほどもタイに住んでいた。旅行者ではなくほぼ住人のようにしてタイでの仕事をしていたようだ。

彼はその頃、タイには墓がない、ということを知ったという。では死人が出た場合どうするのか。

「二〇年ぐらい前にタイの新聞で遺骨捨て場（パー・チャー）への産業廃棄物の不法投棄が問題になっていた」と、彼は言った。

高野さんは九〇年代から二〇〇〇年代にかけてアジア系新聞社「ニューコム」が発行する「スーマイタイムズ」というタイ語と日本語のバイリンガル新聞の記者をしており、その遺骨捨て場というか共同墓地への産廃物投棄問題はその頃に目にした新聞記事のようだった。

遺骨捨て場に廃棄物

タイの村には昔から近くにドンプーターと呼ばれる精霊が宿る森を残し、「精霊の森」として守り育てる習慣があったという。村を邪悪なものから守るために中に小さな祠《ほこら》があり、昔は年に数回先祖をもてなす儀礼を行っていた。タイの人は、死んだ人はその森で霊になり生まれ変わるのを待つと考えているらしい。村にはもうひとつパー・チャーと呼ばれる森もあり、人が死ぬとそこで火葬し、そのまま遺骨を埋葬したり放置同然に置いてくる。いわば共同墓地だがふだんは村人が近づくことはなく、お参りに行くこともないという。

今はお寺の納骨堂や仏塔型の石柱に遺骨の一部を納めたりすることが多くなり、森はますます使われないまま放置されるようになった。そのため次第に樹木が密生し、村人は気味悪がってその中に入っていくこともしなくなったという。産業廃棄物の不法投棄はそういう変化の末におきたらしい。

けれどタイも人口が増え、都市化が進んでくるにつれて遺骨の捨て場がなくなってきたことがもうひとつの大きな社会問題になっていった。

高野さんが書いた『極楽タイ暮らし』（KKベストセラーズ）にこういう一文がある。

「だいたい、タイ人はお墓というものを作らない。作るのは祖霊崇拝の要素を取り込んだ中国式の大乗《だいじょう》仏教を信じる中国系かキリスト教徒だけである。では、どうするのか。遺体を焼き、残った遺骨や灰は、一部をお寺に預けたり自宅で保管する人も稀《まれ》にいるが、たいていは地面に埋めたり、川に流したりするだけである。北部では花火で空に打ち上げるという豪快かつ華やかな方法もあるらしい」

ぼくがはじめてタイに行ったのは一九六八年だった。メナム（チャオプラヤー）川というさほど大きくはないが流れの速い川を遡上するのに、ボートにトラックのエンジンをむきだしに積んでそのシャフトを長く延ばした先端にプロペラをつけたおっそろしく乱暴なしくみのものに乗って川をぶっとばしていった。

川の両側の崖に沿って高さ五、六メートルはある高床式の、多くは観光用の建物がいずれも川に背をむけて並んでおり異様だった。

土産物屋とか飲食店などが並んでいて、どの建物にも外見からあきらかに便所とわかる小屋が、高床式の家にあわせて櫓《やぐら》状に組んである。ボートがスピードを緩めるときなどによく見ると、その便所ヤグラの支柱のいたるところに上から拡散して落ちてくる糞便《ふんべん》がこびりついていて、その多くにかなり大きなエビがとりついて糞便を食っているのが見えた。

途中昼食のためにそういう崖の上の一軒の店に行ったら、便所ヤグラで見たエビとそっくりのものが出てきた。しかし外で見たのは青っぽかったけれど目の前のそれは赤いのでこれはアレとは違う種類のエビに違いない、と思ったが甲殻類は熱をとおすとみんな赤くなるのに気がついた。ま、この話は閑話休題というやつ。

ボートのエンジンを操る操縦士兼ガイドはぼくを含めた一〇人ほどの観光客を上流に観光案内してくれるところだった。

そのガイドのおっさんが「オボンデラ」としきりに言う。ぼくは寺からの連想で「お盆寺」というふうに解釈していたが、タイに日本のお盆につながるような仏教寺があるのだろうか、とちょっと不思議に思ったものだ。

しかしやがてそのガイドが言っているのは「お盆寺」ではなくて「黄金寺《おうごんでら》」なのだ、ということがわかってきた。

ピーが怖い

両岸の上のほうに観光用の店や食堂などがなくなってきた頃に川は分岐した。まだ両岸の崖は高く、我々は比較的大きな川のほうに曲がった。そのときもうひとつ分岐していく小さな川の先のほうにいくつものゴミのようなカタマリがあり、そこには夥《おびただ》しいハゲコウらしき鳥が大きくハバタいて喧嘩《けんか》しながら一斉に何かつついているのが見えた。

ぼくは船尾のガイドのそばに座っていたのでその小さな流れ込みの鳥たちの大騒動をずっと見ていた。やがてガイドはそれに気がつき、ぼくの顔を見て首を横に振った。そのしぐさと顔つきで「見るな！」と言っているのだなとわかった。逡巡《しゅんじゅん》する間もなくボートはそこから大きく反対方向に進んでいったが、ぼくにはそのときの一瞬が強烈な印象として残った。

やがてガイドの言うところの「オボンデラ」に着いてそこをのんびり見て歩いたわけだが、注意して耳をかたむけているとそのあとひっきりなしにタイ人のあいだで「ピー」という言葉がとびかっている。

後になってタイの「ピー恐怖症」にからむ話をいろいろ聞くにつれて、先ほどのハゲ

托鉢中だろうか。メコン河につながる支流の橋の上で見かけたタイの若い僧侶たち（タイ・二〇〇三年）

コウの大騒ぎのもとらしい小さな川の先にあった物体は、打ち捨てられた人間の死体ではなかったのか、と強く思うようになった。あの「見るな」のあと堰堤《えんてい》の低い土地を流れていく川の橋などで、濃いタマネギ色の僧衣を身につけた僧侶をたびたび見かけたのも放棄された遺体と強く結びついているように思えた。

タイに関係するいろいろな本を読んでいると、タイの人々が本気で「ピー」を怖《おそ》れていることがわかる。ピーは精霊と訳されることが多いが、善いピーも悪いピーもいて、人々が怖れるのは悪いピー、地縛霊や人に憑依《ひょうい》して悪さをするような邪悪な悪霊だ。そしてそれはながらくタイの田舎《いなか》などでよく見られた遺体放棄にからむ恐怖症らしい、と気がつくようになった。

前にも書いたが日本でもその昔は無宿者や犯罪者、行き倒れなど、引き取り手のない遺体は山地の窪《くぼ》みや川、沼、山の奥深くなどに放棄していた時代があったらしい。『江戸の町は骨だらけ』などを読むと東京のその昔はあちこちに低い山があって谷があり、小さな川や湿地帯などいろいろ変化にみちていて、そういうところに行き倒れなどが投げ込まれていたらしい。その名残りは「窪」とか「谷」「沼」「林」などのついている地名に残されている。

寺も墓も見ない場所

旅をしていた当時は気がつかなかったが、思いかえしてみると寺とか墓を見なかった国もしくはエリアというのがずいぶんあった。

たとえばアマゾンである。アマゾン河は六〇〇〇キロとか七〇〇〇キロなどとさまざまに言われているが、これは上流地帯にいくとエクアドル、コロンビア、ペルー、ボリビア、ガイアナ、ベネズエラなどの高地、高所から流れてくる二〇〇〇〜三〇〇〇キロもの長さの何本もの大河が毎年氾濫し、広大なアマゾナスを洪水地帯にするので正確な長さが測れないからなのだ。洪水地帯はヨーロッパ全土ぐらいに匹敵し、乾期の頃の地表から平均一〇メートルぐらいの高さで水が大地を覆い、乾期をむかえて大地が現れるまで半年間かかる。

ぼくはその洪水の季節に奥アマゾンを旅したが、人々は筏《いかだ》を作ってその上に小屋をたて、そこに一〇人とか二〇人の一族が生活していた。一カ月足らずしかいなかったが、こういう状態のときにヒトが死んでしまうとどういうことになるのだろうかと考えた。

通訳を通して長老にいろいろ聞いてみたが、具体的な葬送についてはほ殆《とん》ど話をしてくれなかった。

子供たちが死んだときは「精霊のもとに返す」という言い方をした。ただし本当にそういう表現をしたのかは確認できなかった。現地語のポルトガル語にエリアごとの原始言語がからまる三重通訳であったから、どの質問にどう答えてくれたのかわからない、というのが実際のところだった。

アラスカ、カナダ、ロシアの北極圏には同じ年に旅したが、ここでも明確な葬送の仕組みはわからなかった。生きることに精一杯の人々にとって、アジアから来たヘンな奴《やつ》に「悲しい死」の話をしつこく聞かれるのはさぞ迷惑だったろう。

樹木のない自然環境を見れば、こういうところではまず火葬することはできない。土の中に埋葬することも無理だろう、とのっけから判断できる。もし氷や雪をとり除いて大地に埋めたとしてもそこは通年凍っているツンドラだから、遺体はずっと溶けず大地と融合することはないだろう、ということぐらいは理解できる。

ああいうとんでもない極寒の辺境では、海氷を割って海に流すのでさえも難しいだろう。

砂漠の小舟と死者の柩

砂漠を旅したときは国際的な探検隊の一員としてだった。目指すのはロプノールと楼《ロウ》蘭《ラン》である。タクラマカン砂漠のただ中まで四輪駆動のトラックで車列を作りテント泊しながら砂漠の中を砂埃《すなぼこり》まみれになってとにかく進んでいく一カ月ほどの旅だった。

目的地のロプノール（ロプ湖）は、スヴェン・ヘディンによって発見され『さまよえる湖』（岩波文庫）として世界中の冒険好きの人々の心を熱くさせた。琵琶湖《びわこ》の三〇～四〇倍ぐらいある砂漠の中の湖が一六〇〇年周期で数百キロも移動している、という推論が発表されたのだ。

アルチン山脈のほうからタリム河という雪解け水を集めた大きな河が砂漠の真ん中に流れ込んできて大湖を作ったという。その巨大な湖が移動しているのはタリム河の流路が年によって大きく変わったからだ、というのが定説になっていた。

干上がったロプノールを通過するのに一日そっくりかかった。一〇センチぐらいある真っ白で大きな巻き貝が見わたすかぎりころがっていた。

楼蘭はシルクロードの要衝にあるアーリア系の王族が支配していた広大な砂漠の中の

小さな王国なのだが、交易に有利なその立地や財宝を狙われて短いあいだに滅ぼされてしまった。

探検隊は最終的にその荒れ果てた砂の古城内で三泊したが、そのあいだにかなりの数の古代の人の骨を見た。それらの中にはミイラもあった。シルクロードを行く盗賊に沢山の墓があばかれ、埋葬品めあてで蹂躙《じゅうりん》されたのだ。我々が行ったときにとくに印象に残ったのは死者が小舟の形をした柩《ひつぎ》に安置されていることだった。

砂漠の真ん中に小舟の柩というのは不思議なとりあわせだった。それまでここに至った各国の探検隊によって、その舟の柩のことはいろいろに語られ分析されていた。諸説あってどれが正解なのかわからないが、砂漠のただ中では樹木が乏しいから火葬はできない。砂の中のほんの表層部分を掘って埋めても乾燥しきっているからミイラになるだけだ。

ぼくは大湖ロプノールが砂漠の陽光の中でまんまんと水をたたえていた頃に、死者を小舟に乗せてロプノールに流し、湖の沖から天空に通じるみちにおくった、という美しい埋葬の風景を、極めて個人的に夢想した。

それから十数年してメコン河を下る旅に出た。いくつもの国境をまたいで流れるメコン河は古来、戦争の川ともよばれた。ラオス、タイ、カンボジア、ベトナムと流れていく。途中「メコンが折れるところ」とも呼ばれる、この河では唯一大きなコーンパペンの滝がある。

メコンはそれほど高低差がある河ではないから、このいきなりの大きな滝は緊張を強いられる。案内人がこの滝の下には沢山の「ピー」がいるからとり憑《つ》かれないように、と言っていたのが印象的だった。その男は本当に怖そうな顔をしてそう言っていた。

タクラマカン砂漠でもメコン河沿いの旅でも墓らしいものは見かけなかった。死者はみんな砂や川に呑《の》み込まれてしまうらしい。

「ピー」というのは日本語の感覚で聞くと幼児語的な響きがあるが、アジアのこのあたり一帯は墓を作ってもちょっとした洪水であとかたもなく激流に持っていかれてしまうから、墓の建立は徒労、という現実的な事情があり、死者はみんな滝の下に集まる、という話は信憑性《しんぴょうせい》があった。

再び高野さんの著書から「墓や霊」について、タイの人々の感覚をひいてみよう。

「タイ人、特に女性は、日本に来るとお墓が怖くてしかたないらしい。また、日本人の家にホームステイしたり、日本人と結婚した人は、仏壇の遺影と位牌《いはい》がこれまた恐怖を呼び起こすという。私の友人の女の子は、『日本の仏壇は、タイのものより低くて、写真（遺影）や名前を書いた板（位牌）がすぐ目に入るからなおさら嫌だ』と言っていた。

それはそうだ。日本人は、故人を忘れないために、それらが目につくように置き、毎日、線香を上げ、お供えをするのだ。日本では、そのような務めを怠ると霊が怒るのである」

タイの場合は、親戚縁者の墓参りどころか、公共の墓場（パー・チャー）の付近に住むのはもちろん、そばを車で通過するのも嫌がる人が多く霊には徹底的に関わりをもたない、という思考と行動が貫かれているようだ。

ハイテク納骨堂の周辺

前章では書ききれなかったのだが、タイの葬儀のあれこれを調べる中で、八王子《はちおうじ》にある「ワット・パー・プッタランシー東京」というタイ寺院をたずねてきた。タイから派遣された住み込みの僧侶による礼拝に参加させてもらったその帰りみち、近くに「風の丘　樹木葬墓地」という樹木葬を主体にした霊園があるのを知っていたので、立ち寄ってみた。

春先ながら曇天で、あと数時間もすれば日没、という時間だったので、どこかかなり北の国に来てしまったようなうすら寂しいたたずまいだった。

敷地に入ると不思議な曲線に囲まれ、ごくごくひくいふっくらした丘陵状の芝生が裾をひろげている。丘を囲む細い水路には透き通った水が流れ、水盤には色とりどりの花が浮かんでいる。芝生のまわりと中央をゆるやかにカーブした小道が通っていて、銘板には埋葬された人の名前が刻まれていた。

丘の向かいにこれも清楚《せいそ》なたたずまいのガラス張りの建物があり、ここには管理事務所や位牌《いはい》堂、法要室などが入っているようだ。参拝にきた人がくつろげるように、ここから眺めると丘の向こうに背のひくい木々が林のように見えるような工夫がされている。

近頃、樹林や海への散骨がよく話題になるが、ここも新しい形の、よく管理された樹木葬霊園と呼べるものだろう。はじめてこの形式の霊園を目にしたのだが、墓石の並んだ従来の冷たい気配のする墓地とは違って全体にやわらかな緊張感があり、その気配に慣れてくると眼前の風景に重みのようなものを感じるようになる。ゆっくりとひとまわりする。ここの管理者に話を聞かずにいきなり闖入《ちんにゆう》してしまったので詳しいことはわからなかったが、布テープによって大きさの異なる区画が区切られている。ところどころ、冬枯れた芝生が丸いザブトンのように置いてあるように見えるところがある。

資料を読むと、この丘のあちこちに骨壺《こつつぼ》ごと遺骨が納められている、つまり〝合同の墳墓〟だとわかる。丸く切り取られたザブトンは最近埋葬された場所の〝フタ〟、ということなのだ。このゆるやかな丘は「有期限使用区画」で、期限がきたら掘り出され、お骨は丘のすみの土中深くに埋葬しなおされ、今度こそゆるやかに自然に還《かえ》っていく、というしくみ。

通路を挟んで、三〇センチ四方ぐらいの花崗岩《かこうがん》らしい石にそれぞれ遺族が考えたのだろう生前の気配がそれとなくわかる文字などが彫り込まれている区画もある。こちらは、永代使用区画だという。

これまで読んだ本で知った知識でしかないが、地上での散骨、樹木葬にもいろいろな方法がある。粉砕した遺骨を網にいれて樹木の根の近くに埋める方法。パウダー状にした骨粉を樹木のまわりに撒《ま》いていく方法。骨壺ごと埋めていき園内に樹木を植える方法など、樹木葬そのものがまだ始まったばかりだけれど、それも初期の頃には大きなドラム缶のようなものに遺骨をどんどんいれて土の中に埋める、などという大雑把なものもあったらしい。

死を民主化せよ

散骨、といえば今は空や海に撒く方法のほうを思い浮かべる人も多いかもしれないが、法律的にも人々の意識的にもまだまだ過渡期でいろいろ考えるべきことがあるようだ。

いずれ参拝に行きたいと思っていたが、隠岐《おき》諸島にあるカズラ島という国立公園内の無人島が「散骨の島」と呼ばれて注目されているらしい。ここでの散骨は海に骨を撒くのではなく樹木葬に近いようだ。春や秋、季節になると散骨した土地から生えた草木に花が咲き、後に参拝にやってきた遺族の心を和ませるという。よほどのことがないかぎり将来なにかの転換で破壊の手が入る心配は少ないので、その意味でも遺族の安堵《あんど》があるようだ。

アメリカでも死亡人口の増大は社会問題になっているらしく、「日本経済新聞（二〇一八年一一月一五日付）」にコロンビア大学の「デスラボ（死の研究所）」が紹介されている。ニューヨークで墓を買おうと思うとマンハッタンからは遠くなる一方で、墓を買えない者や無縁者は、立ち入り制限された島に埋められるという。デスラボでは「死を民主化せよ」という発想のもと、「遺体を光にかえ、宗教や民族、家族を超える新たな追悼の形」、つまり、死が平等に敬意をもって扱われる方法をいろいろ模索しているという。

そのプランのひとつが「マンハッタン橋に数千もの柩《ひつぎ》を組み込んだ遊歩道をつり下げるものだ。無数のバクテリアが遺体を一年かけて分解し、そのメタン生成のエネルギーで発光する。一年後には骨まで分解され新しい遺体がその柩に入る。遺体は消えてしまうが、遊歩道が輝き続けることを通じ、遺族は故人を悼《いた》み続ける」というものだ。なんともアメリカ的なダイナミズムだが、死者が消滅し光となって天に昇っていく、という発想は羨ましく、美しい。

火葬順を待つための場所

二〇三〇年問題などとも言われるのは、日本ではそのあたりをピークに団塊世代といわれる年齢層の死亡者が年間一六〇万人以上にもなるからだ。もちろんその前後も大量に死亡していく。二〇一七年の死者数は約一四〇万人にのぼる。すでに大都市が抱えているのは、激増する死者を受け入れる火葬場や墓地が確実に足りなくなっていく、という問題である。

けれどあたらしく火葬場をつくろうとするとその近隣に住む人々から必ず「反対運動」がおきる。多くは「地域のイメージが悪くなる」などという苦情だ。その反対をする人たちもいつか必ずそのような施設が必要になるのだが、生きている人間の感情としては拒絶反応がおきるのも仕方がないことなのだろう。

厚労省の統計では二〇〇七年に全国の火葬場は五一二三あったが一〇年後の二〇一七年には四一一二に減少している。東京だけで見ると二〇〇七年からの一〇年で一減の二七カ所だが、死者が激増しているのにこれはどういう理由によるものなのだろうか。統計に書かれていない背後事情はなかなか読みにくいが、火葬場などはその焼却炉の近代化やシステムの効率化などによっていままでよりも速い回転処理ができるようになり、火葬場を周囲の反対運動と闘いながら数年かけて新設していくよりも、現在ある火葬場の機能をパワーアップさせ、効率をあげていくことに方針がむけられている、ということなのかもしれない。

『無葬社会』（鵜飼秀徳《うかいひでのり》、日経ＢＰ社）などを読むと混み合っている横浜《よこはま》市の火葬場の例が取り上げられている。

「二〇〇三（平成一五）年度、市営四斎場の火葬数は二万二〇六件だった。それが二〇一四年度では二万八九二七件。確かに、近年、火葬需要がうなぎ上りに増えてきているようだ」

その結果、火葬の順番待ちなどという今までなかった現象が起きている。炉の進化により以前は火葬が済むのに九〇分ほどかかったものが四〇分ほどになっている。さらに従来は「友を呼ぶ」という意味につながるというので葬儀場などとともに火葬場も休んでいた「友引」の日も稼働。また以前はやらなかった午前中からも火葬を行うようになり、必死に対応しているが、順番待ちで数日待機せざるを得ない遺体は増えているという。

順番がくるまで遺体はどこかで待機せざるを得ない。火葬場にはそういう施設はないし、行政の関わった、遺体を預かる機能もスペースも今のところはない。

けれど最近になって火葬の順番がくるまで相応の施設の中で預かりましょう、という会社が現れた。

「遺体保管所」である。火葬の順番が五日、六日後などになってしまった遺族には実にありがたい施設が現れたのだ。そういう施設がない場合のことを考えると遺族は途方に暮れてしまうことだろう。

しかし、その施設には何体も待機遺体が並んでいる、要するに「死人《しびと》の家」ではないか、と近隣の地域住民がさわぎはじめた。火葬場新設のときのような感情的な反発によって事態は紛糾し、計画が挫折する例も出てきているようだ。

けれど火葬場が増えていく公算は少ないのだからこのビジネスも今後否応《いやおう》なくその数を増し、やがて死亡人口バクハツ現象がおさまっていくにつれて自然に淘汰《とうた》されるようになっていくのかもしれない。

もうひとつ笑えないけれど「たしかに」と思えるような話を聞いた。

地方では死亡人口の増加はここまで激しい状況になっていかないだろうと予測されている。むしろ人口減によって寺の運営が難しくなっていく可能性のほうが大きいようだ。当然、大都会とその周辺都市でいまおきている火葬場の順番待ちなどということもないだろうと予測されている。

そこで全国から都心に上京して亡くなった人はそれぞれの故郷に帰って火葬からはじまる葬送の儀式を行ったらどうだろう。墓地は沢山余っているし、という考えかただ。目的も構造もまったく違うがいま流行《はや》りの「ふるさと納税」からの連想で、まあ、ブラックジョークなのでメクジラを立てないでほしい、と思っていたら、なんとすでに「お葬式はふるさとで」と「Uターン葬儀」を提案する地方自治体もあるという。

増加する納骨堂

狭い土地に人のひしめく日本のようなところでは、もう旧来のような墓地に埋葬し、寺の管理庇護《ひご》のもとに永代供養につとめる、ということは相当贅沢《ぜいたく》な状況になってしまった。

こんな状況の裏では檀家《だんか》制度の崩壊や、墓じまい、と称する寺離れがじわじわ進んでいて、墓地を持つ寺の経済が激しい状況変化の中でどんどん破壊され、寺の運営や僧侶を辞めざるをえない、というケースも出てきている。

人口が都市部に集中し、核家族化が進んできて、寺を中心にした一族のチームワークが機能しにくくなってきた、ということでもあるのだろう。

かといってもっとも身近な父母の遺骨を放り出すことはできない。もっと気軽に安い費用で先祖の墓も自分の墓も身のまわりに、というニーズのもとに、都会にいろいろなスタイルの納骨堂（永代供養墓）が現れているのは非常に興味深い。

このスタイルで早くに登場し、すでにだいぶ馴染《なじ》んでいるのが扉のついたロッカーの中に骨壺や位牌、仏具などを組み込んで遺骨を収納させる「ロッカー式納骨堂」だ。北海道などもともとこの方式が多い土地柄はべつとして、あたらしめの納骨堂の意匠は土地によって一定の傾向がある――東京は一番質素で実務型、関西はそれぞれが個性ある豪華な飾りをほどこしたもの、というふうに――ようである。

参考にした『無葬社会』にそれらの違いが写真でわかりやすく紹介されているが、地域特性としてなにごとも派手な名古屋の、万松寺《ばんしょうじ》の納骨堂は、ビル内に六つのスタイルの納骨堂があり、写真で見ただけでその思い切った意匠に眼《め》をうばわれる。

とくに三階にある「水晶殿」はクリスタルガラス製の納骨箱（カロウト）が二八〇〇基ほどびっしり並べられている。入室するとひとつひとつのカロウトに仕組まれたLEDによって空間全体が青く照らしだされる中、自分の参拝する目的のカロウトだけがオレンジ色に灯《とも》されるというのだ。

湾曲した広い回廊のような参拝堂は墓のイメージにはほど遠く、本書の著者は「現代アートを展示する美術館」のようだと表現している。

価格設定は名古屋に限らず、人間の背丈に位置する場所は高く、屈《かが》まなければならない床のすぐ上や天井近くのものは安い、という分譲マンションの販売によく似てドライに設定されているようだ。

ハイテクの館でもあった

最近増えているのは自動搬送式と呼ばれるもので、これは六階から七階建てぐらいのビルの全体を使っているケースが多いようだ。

比較的あたらしいという新宿の納骨堂「新宿瑠璃光院白蓮華堂《るりこういんびゃくれんげどう》」にも立ち寄ってみた。新宿駅の南口のバスターミナル「バスタ新宿」のすぐ近くにあった。

緩やかな台形をサカサにした不思議なイメージのビルで、外観からしてただのビジネスビルとは見えないが、目立つ表示もないからここの知識がまったくない人はぼんやりとおり過ぎてしまうかもしれない。「ご自由に見学ください」とあるので、中に入ると都会の真ん中でありながら森閑としている。余計な装飾品もなく、いわゆる案内ボードといったものもないので思いがけないほどすっきりして落ちついたたたずまいだ。休憩用の洒落《しゃれ》たつくりの椅子が配置してあるメーンロビーはホテルの気配だった。しかしここには現在一五〇〇体が納骨されていて、あと三五〇〇体入るキャパシティがあるという。

有名な建築家による設計だということもあって、建築めあての見学者も入れるようになっているが、参拝のためのフロアはお参りに来た遺族のためのもので部外者は入れない。だが見学できるフロアだけでも都会における「墓参り」の気分の片鱗《へんりん》は感じることができる。

外観からだけでは何階建てかもよくわからなかったが、パンフレットの断面図を見ると、地下一階、地上六階建ての建物の中心部分を貫くように納骨堂があり、納骨堂をぐるりと囲む回廊のように参拝用のブースがふたつのフロアに配置されている。参拝者は一階でＩＣカードの照合をすませれば、屋内墓ともいうべき参拝ブースに骨壺が入った

Times
P
パーク24は東京2020
オリンピック・パラリンピックを
応援しています
1400

蓮《はす》のつぼみをイメージしたという外観の納骨堂は、ホテルに囲まれている。生者と死者が隣り合って眠る立地はしかし、大都市では別に珍しいものでもないのだった（二〇一九年）

「厨子《ずし》」が自動的に流れてくるのを待つだけ。

もはやどのような移動のメカニズムによるものか見当もつかないが、それほど待たずに誤りなく運ばれ遺族のいる参拝ブース内の「墓石」にハマる、ということだそうだ。

このクルマの立体駐車場を思わせるメカニズムは、まさしくそういう装備を行っている設計技術者が工事に携わったという。

「墓前」には造花ではなく生花が飾られており、ビルの中なので本物の火を使って線香をあげることはできないが「電子香炉」という電子的なシステムで焼香はできるようになっている。

上層階には、ところどころにキャパシティの違う数人から数十人といった規模の法要を行える部屋があり、控えめな美術品といったイメージの仏像などがよく計算されたやはり控えめな照明に浮かんでいる。

本堂には敦煌《トンコウ》の莫高窟《ばっこうくつ》の壁画をいくつもはりあわせたレプリカが壁一面に展示してあったり、法隆寺《ほうりゅうじ》金堂《こんどう》壁画の模写などが飾られていて「どうだ!」と言っている。けれどそういうものの複合化された装飾デザインによって、この館に入ったときから参拝者は言い知れぬ安堵感を得ることができるのだろうなあ、という感覚を覚えるのも事実だ。

新宿駅から本当に三分ほどで〝墓参り〟ができるこういう納骨堂がある、という事実はこういうテーマの取材をしていないとなかなか感知せずに通過しているところだった。

すべてにスマートに計算されたシステム墓地、という印象を持った。途方もなく古いしきたりを現代ならではのハイテクによってみごとに合体させたコンセプトに感心したが、その背後にどうしても現代の葬儀ビジネスの気配を感じてしまう。

しかしそれを言うなら旧来の名だたる寺の司《つかさど》るありがたい葬儀など、値段のしくみもわからないこれまでの「立派な葬儀」への庶民の抵抗、というふうに考えてもいいようにに思った。

骨を喰らう。骨を撒く

　ここ数年、新聞の死亡記事をしっかり読むようになった。知っている有名人の訃報を頻繁に眼《め》にするようになったからだ。こういう連載ものを書いているからなのかな、と思ったりしたが、そういうわけでもなく、自分の歳《とし》とあまり違わない人が亡くなっているからだと気がついた。同業のほぼ同世代の人などの名を見ると身が引き締まる思いだ。

　ぼくは今年（二〇一九年）七五歳。ありがたいことに健康でここまで生きてこられたが、そろそろいつ死んでもおかしくない年齢になってきた。その自覚をやっと本気で認識するようになったということなのだろう。

「人生わずか五〇年」と言われていた時代もあったからそれを思うと、確かにもう終点に近い気配だ。そういうことに本気で気づくとにわかに「こうしてはいられない！」と思っていきなり立ち上がったりする。

でも立ち上がったとしてもそのあと何をどうしていいかわからない。

今のうちに何かしておかなければならないのは確かなのだ。何かしなければ……。でもその「何か」が判然としない。したがって今まで体験したことのない不安定な気持ちになる。

死亡記事を読んだその新聞の下のほうにタイミングがいいんだかそうでもないんだか「健活」などという文字が眼に入った。

それが「健康活動」の当世風の略称（？）いや略語か、まあそういうものだということはわかる。でもぼくには今さらそんなもの遅いやあ、という諦観のようなものがあったからその内容までは読まなかった。

迷惑だけれどその連想から「終活」という、やはり当世風の略語が頭にうかんだ。そうか、今のこの正体不明の不安定な気持ちは、死に向かって備えるもろもろの準備や心構えがちゃんとできていない不安感からきていたのだったか。

ふわふわした不安

でも最初に「終活」というこの略語を見たときに、妙に腹だたしい違和感を持ったのを思いだした。文字から伝わってくるものがあまりにも軽薄すぎる、と感じたのだ。だいたい「終」と「活」の文字が語感としても、意味からしても、まるで相反しているような気がする。死に対してどう活動すればいいんだ。不安定な気持ちのまま思いはこうした安易な風潮に対して怒りのようなものになって向けられる。

ネットで調べてみるとあるある。呆《あき》れるほどいろんなところで人間の行動は「活動」されているのだ。

最初の頃は「就活」や「婚活」なんてのから始まったのだろう。これはこれでわかりやすくていいのかもしれない。

でもいろいろ見ていくと「涙活」なんていう怪しいものがあった。涙を流すことでストレスを発散する、とその意味について書いてあった。強引なのだ。誰が「ああ精神が疲れた、涙を流してリラックスしよう」なんて考えているというのだ。

「燃活」というのは運動して体の脂肪を燃焼させることだと。「菌活」は納豆やヨーグルトなど発酵食品を食べて美容や体調を管理することで「コラ活」はコラーゲン関係。「朝活」「昼活」「夕活」ときて「夜活」があったらその意味はわかるが「夜活」だけいきなり単独でひっぱり出されるとドロボウの活動かと思ってしまうではないか。「温活」「腸活」「寝活」「美活」ときて「アイ活」はちょっとわからない。意味はアイドルになるための活動だという。どうやればいいのか。「呆活《ぼうかつ》」というのは呆然としてストレスを解消することなんだって。

こうなってくると日常生活から人生まですべて「活動」させることになり、キリがないし慌ただしいことはなはだしい。

無間《むげん》地獄のように続くこうした「言葉いじり」は「言活」というのだろうか。いや実際は「言壊」というべきだ。曲がりなりにも言葉を仕事にしてきた。こういう安易な世間の風潮にじいさん（筆者のこと）はとても怒る。

自分のこういう怒りは「怒活」ということになるのだろうか。「怒り」は精神に瞬発的なエネルギーを生むから実は有用で、死へのおぼろな不安など忘れさせてくれているのかもしれない。

自然葬を選択

「葬送の自由をすすめる会」に妻と一緒に入会していたが、その具体的な葬送の方法について の希望をなかなか書類(「自然葬実施希望に関する契約」)に書けなかった。互いに忙しい日々を送っていたのと、落ちついて自分の希望する内容について決定的な事項を選ぶのに腰が引けていた、という理由がある。家族葬の項目に丸印をつけた。これは密葬とも解釈されている。

死についての最初の本(『ぼくがいま、死について思うこと』)を書いたとき、日本の葬儀は世界で一番高い費用がかかっている、という恥ずかしいデータを見て、自分の場合はできるだけ質素に、残る遺族に無用な負担をかけないような方法にしよう、と決めていた。

それには死を世間に知らせることもなく、また大仰な葬式などしなくていい、という考えになる。

葬送については海への散骨を希望した。妻の記述を見たらぼくの書いたのと同じだったのでちょっとびっくりした。彼女はもともと山が好きで、若い頃はよく本格的な登山をしていた。そして壮年期にはチベットに傾倒し、通算して四年ぐらいはチベット各地を旅しており、それらのことを書いたチベット関係の本だけで一〇冊以上ある（妻もモノカキである）。

だからチベット人にとってもっとも納得できる「鳥葬」を妻も希望しているのではないか。しかしそれにはあまりにも難しい問題があるので妥協策として日本の山の樹木の懐への散骨を希望しているのではないか、とばかり思っていた。

そのことについて互いに殆《ほとん》ど話さないままにその書類に正式に署名、捺印《なついん》し、その会に送付した。彼女が泳げないのに（笑）海への散骨を選んだのは、死んだとしたら自分の意思など「無」であるから葬送の方法も自分にこれ！　といった望みはない、とにかくできるだけ簡潔にすすめてほしい、という意思があったのではないか、とぼくは勝手に想像した。それはぼく自身が思っていたことでもあったからだ。

散骨は広義の「自然葬」の範疇《はんちゅう》に入る。

この言葉としくみが世間の耳目を集めたのは、一九九一年に発足した前述の「葬送の自由をすすめる会」（以下、すすめる会）の提唱が大きいようだ。

これは「墓からの自由」を旗印に掲げた市民団体「すすめる会」（初代会長：安田睦彦《やすだむつひこ》氏）が同じ年に相模《さがみ》湾の沖合でクルーザーからの散骨を実行したことから始まる。その頃は民間人が勝手に遺骨を海や山に埋めたり撒《ま》いたりしてはいけない、という認識があったからマスコミなどで大きく報道された。法務省は、「それが節度をもって行われるかぎり刑法（死体遺棄罪）に抵触しない」、旧厚生省も「遺灰を撒くこと自体は同法（墓地、埋葬等に関する法律）に触れない」と容認。一気に一般化した。

経緯をみると発足時の九一年には国民の二割程度しか理解、賛同する意見はなかったものが最近では七割以上の人が容認するようになっているという。この先駆的な「自然葬」の志向する骨子について「すすめる会」のホームページには、「墓でなく海や山などに遺灰を還《かえ》すことにより、自然の大きな循環の中に回帰していこうとする葬送の方法の総称」と、明記してある。

こうした動きと同じような時期に全国的に寺や墓に対してこれまでになかった大きな変化がおきていた。簡単に書くと「寺離れ、墓離れ」という異変である。ことわっておくが前述した「すすめる会」のような活動が影響してそうした動きがおきている、というわけではない。「すすめる会」的な思考と行動はまだ社会全体の仕組みをゆるがすような大きな存在ではなかった。

今、多くの寺が迎えつつある問題は、地方の過疎化と住民の高年齢化、地域社会の変化（限界集落化の多発など）によって檀家《だんか》離れ、墓地離れが起きていて、その影響によってかつてのような寺の経済が成りたたなくなってきていることに関連しているらしい。墓地の持ち主がわからなくなったり、わかっていても継承者はもはやそこには住んでおらず、自分のところの墓を放棄する、などという動きが顕著になっている、というのである。

檀家の寄進等によってその経済を維持してきた寺は、社会のいろんな構造変化のうねりが続いていくなか、旧来の意識からするとその存続が危うくなっている、というのは理解できる。

いつだったかテレビを見ていたら大間《おおま》のマグロ漁師のドキュメンタリーをやっていて、不漁と運の悪さで長いこと貧困生活を強いられていて、漁に出るための船の燃料代も借金する状態に追い込まれている漁師が紹介されていた。滞納税金の督促ハガキなど生活していくための経費の請求、督促がいっぱいある。そのなかに寺からの通達状があった。封をあけてみると寺の改造修理費の、寄進という名の支払い請求通知だった。一〇万円以上である。

その漁師にとってはトドメをさすような通知だった。青森の小さな漁村である。檀家としてそれを無視することは絶対できない。

あのような事例を見ていると寺が檀家の人々にやすらぎや平安をあたえている、など

雑魚釣り隊の面々と行った東シナ海。仲間たちに撒いてもらうなら
こんな静かな海がいい（台湾・二〇一五年）

というのはもうとうに形骸化していると思えてくる。事実その漁師はその漁で成果をあげられなかったら自分の命もしまい（おわり）だなあ、などと呟《つぶや》き、実に思いつめた顔をして荒波に出ていくのである。

ああいうのを見ると、寺なんていい商売だなあ、と思えてくる。今の時代、寺も檀家も大きな意識変革を迫られているのだ。

沢山の葬送

前にも紹介した『世界の葬送』には世界一二四カ国の葬送についてくわしく書いている。

第一章は葬送法の基本についてで、火葬、土葬、風葬、樹上葬、ミイラ葬、水葬、鳥葬、舟葬、樹木葬とある。これらの葬儀の内容とその実際についてはこの小文でこれまで折に触れていろいろ語ってきた。

これらの葬送法は世界各国でバラバラに行われているものと、その土地の自然環境状態によって必然的にそういう葬送になった例がある。宗教によってそういう方法しか選べなかった、という事情も多い。

以前少し触れたかもしれないが、ぼくが実際に足を踏み入れて体感したのはこういう葬送がらみのテーマの取材をしていなかったら一生気がつかなかったんだろうな、と思った例だった。

アラスカ、カナダ、ロシアの北極圏を旅したとき、自由な葬送をしたくてもそれができない自然のなかにいる、という民族とその暮らしを見たときだった。

以下に書き加える例は本書にすでに記しているが、念をおしておきたい。北極圏はすでに森林限界をすぎているので木や草というものが生えていない。いきおい火葬を望んでも遺体を燃やす木材燃料がない。土葬にしたくても一年の三分の二ぐらいは厚い雪や氷のなかにいる。土の大地を掘っていったとしても大地は五～一〇メートルはツンドラで、そこに埋めてもずっと冷凍保存されてしまうことになる。

鳥葬を選んだチベットも国土は四〇〇〇メートルより上で、これは高さにより森林限界をすぎていて北極圏の人々とは別な状況で火葬というものを簡単にはできない。そこに彼らの死生観が加わって世界でも稀《まれ》な葬送法を選んだ。その基本には「施し」の意思、思考というものがある。

同じ鳥葬といってもゾロアスター教は遺体を穢《けが》れたもの、と位置づける思考がある。だから火葬にすると「火」が穢れる。土葬では「土」が穢れる。風葬は「風」が、水葬

は「水」が穢れる、という倫理観だから、結局「沈黙の塔」と呼ぶ遺体置き場を作って
その上で鳥に食べてもらうということになっていった。
この本にはそういうことまでは書いていないが、よくぞここまで世界各国の葬送について具体的に調べて記述したものだと感心する。多くはその国の宗教が基本にあって葬儀が組み立てられているのがはっきりわかる。
その内容について知りたい方は同書を読まれるといい。

とある奇病と葬送の儀式

この本でぼくがもっとも驚いたのは二〇世紀のなかばくらいまでパプアニューギニアで行われていたという、カニバリズム（人肉食）が組み合わされた葬送の話だった。フォレ族のあいだで行われていたというが、自分の死を悟ったら、家族や友人に「自分が死んだら自分の体のこれらの部分を食べてほしい」ということを遺言するのだという。

亡くなると遺体は解体され、内臓や脳みそが取り出され骨髄なども吸い出される。脳も含めて内臓は主に女性と子供たちが、筋肉や脂肪は男たちが食べたという。

このすさまじい習俗は亡くなった人を悼む儀式だったというが、遺族の栄養補給の意図も含まれていたという。

この強烈な葬儀方法がすたれていったのは先進国からの干渉のほかに、この儀式で人の肉を食べた人々のあいだにクールーという病気にかかる人がいることがわかったからだったという。

その病気にかかると、体が震えだし、歩行困難となり、突然笑いだす。病気が進行すると食事をとることもできなくなりやがて昏睡《こんすい》状態となり、半年から一年のうちに死亡する。

後にこの病気の原因がわかった。異常なタンパク質プリオンによって脳がスポンジ状態になるからだった。人間が狂牛病のようになってしまうのである。

それを読んで思いだしたのが以前不眠症についての本を書いていたときに戦慄したある遺伝性の病のことだ。

ヨーロッパのいくつかの家系に五〇歳前後になると突然眠れなくなり、一睡もできずに苦しんで一年以内に確実に死亡する遺伝性の奇病があるという。

その原因は脳の視床にプリオンが蓄積しておきるもので、世界に四〇家系ほどしかいないがいずれも現代までこの家系の子供たちは二人に一人の割合でこの病気の遺伝を受けていると「ナショナルジオグラフィック」に書いてあった。そして驚くべきことにこの異常プリオンの出現にはなんらかのかたちで人類の過去のカニバリズムが関係する、という指摘もあるそうだ。

ぼくがその本を書いていたのは自分も長いこと不眠症に悩んでいたからだ。仕事で疲れていても眠れない日は明け方までテレビをあてもなく見ている。

先日も真夜中に画面をぼんやり見ていたら、昭和のはじめの頃の新宿の描写にひかれて、いつのまにかのめりこんでいた映画があった。昭和の初期の頃に実在した、とんでもなく無鉄砲な生き方をした実在のヤクザを描いた映画『仁義の墓場』（深作欣二《ふかさくきんじ》監督、渡哲也《わたりてつや》主演）だった。

予告編映像では「戦後暴力史上　狂気と現実の間隙《はざま》に生きた比類なき異色ヤクザ」と煽《あお》られているこの主人公のヤクザの生き方に目を奪われる。一人の置屋の娘と恋仲になるが結核だったその娘はやがて早逝する。その恋人によって凄絶ながらも生き甲斐《いがい》を得ていたヤクザは一人で火葬場に遺体を運び、骨壺《こつつぼ》を持って親分衆のところに行き、ある頼み事をする。そのとき眼の前に置いた骨壺の蓋をあけ、その骨を齧《かじ》るシーンがすさまじい。

カリッ、カリッという音が響いて、ヤクザはそれを静かに呑《の》み込んでいく。究極の愛を感じ最後まで見てしまった。

遺体を食うときは生でなく、よく焼いた骨だけにしたらいいという教えなのだろう、などと軽口をたたくといろんな人に怒られそうだけれど。

遺言未満

自分が死んだ場合、海への散骨を希望している。妻もそう言っていた。このテーマに取り組んでいる間に一度はその実際の光景を見ておかねば、と担当編集者と見学することにしたのは二〇一九年一〇月五日のことだ。

東京の越中島《えっちゅうじま》桟橋。運河を前にした集合地の近くに三々五々、海洋散骨に参加するらしい人々が落ちつかないそぶりで集まってきている。

そのかたわらを少年野球チームがはつらつと賑《にぎ》やかに話しながらとおりすぎていく。「川を歩こう」と幟《のぼり》を立てた参加者らが少年たちの半分ぐらいのスピードで歩いていく。

今日一日かけて隅田川沿いに史跡など訪ね歩くのだろうか。それとは別の方向からなにかのテレビドラマでも撮影していたらしいチームがくたびれきった顔をして通過していく。

午前一〇時半。大人ははやくから働く場合もあるからこういう疲れた顔にもなるのだろう。

ぼくはさっきの少年野球団を見て孫を思いだしていた。散骨を希望しているぼくの話を聞いてあいつはどんな顔をしてぼくを海にもどしてくれるのだろうか。

濃紺の空。夏がもう一度きたみたいだ。

ちょっと間違えてまた戻ってきてしまったらしい夏空そのものがひろがり、まだ新型コロナの気配もない、いい時期のいい風が吹いていた。

そのときの光景を思いだしながら、わずか一年前のことなのに、コロナのせいで時代が変わってしまったとあらためて思う。

だらだら長い時間をかけてこのレポートを書いているうちに、もしかすると世界は終わってしまうかもしれない、というけいきなりの恐怖と不安を感じた。

三〇年ほどＳＦを書いている。原因不明のウイルスが蔓延《まんえん》して世界が一年足らずで滅亡してしまうというような小説を沢山読み、自分でも書いてきた。ＳＦのテーマのひとつである、そういうフィクションが、いまやフィクションではなくなるかもしれない事態になっているのだ。

海洋散骨を体験する

ひとまず話を二〇一九年のことに戻そう。

参加させてもらったのは、「特定非営利活動法人　葬送の自由をすすめる会」（以下、「すすめる会」）による特別合同自然葬である。「自然葬」という言葉もこの会が初めて使ったという日本の自然葬ムーブメントを牽引《けんいん》してきた団体である。「すすめる会」での自然葬は大きくわけて、所有する山林に散骨するものと海に散骨する「海洋散骨」の二種。海での散骨には個人葬（船を一団体で貸し切るもの）と何組かで合同で行う特別合同自然葬がある。年間を通じて全国各地で行われていて、つごうのよい場所、日程で事前に参加を申し込むしくみになっている。関東圏だけでも浦安《うらやす》沖、横浜沖、観音崎《かんのんざき》沖、平塚《ひらつか》沖、真鶴《まなづる》沖、と数カ所にのぼるが、ぼくたちが今日参加するのは、東京湾浦安沖のポイントをめざすコースだ。

「すすめる会」から「立ち合い人」として同行するのは、このところレクチャーなどでも世話になっている、副会長理事の西田真知子《にしだまちこ》さんと事務局長の槇野卓司《まきのたくじ》さんをはじめ四名。彼らの案内にしたがって、桟橋に到着した「サンタバルカ号」に参加する方たちが乗り込んでいく。

ぼくたちも邪魔にならないように目だたないようにすみっこのほうに座る。

これも葬儀である。なにかのシキタリや宗教などが関係していたりするとカネがなりお経がスピーカーから流れ、逃げたくなっても船上ではそうもいかず、タイヘンなことになってしまうんではないか……などと余計なことをぼんやり想像していたのだが、実際はきわめて静かに東京湾にむかって船は走り出した。

一〇月五日は二八年前に日本で初めて海洋散骨が行われた記念すべき日です、という落ちついた西田さんのアナウンスに、ほう、という声がもれる。

普段は東京の夜景ツアーなどの運航もしているという船長の案内も渋い声ながら軽やかで、スカイツリー、東京タワー、レインボーブリッジなどが案内されると、船上のみんながそちらを眺めて声をあげる。「ぼくも行ったことある！　高いんだよ」などとそばにいた人なつっこい少年がさらにいろいろ教えてくれるので、東京生まれの東京オンチのぼくにも参考になった。

羽田《はねだ》空港の沖合がめざすポイントだった。船は停止するとエンジンを切った。

遠くに富士山が見える。ここが散骨の海域らしい。

今日の参加者は、自然葬（海上からの散骨）を行う四組と、一五年前に散骨をした「思い出クルーズ」二組の計六組、二五人。ふたつのグループにわかれて順番に船尾から各々散骨している。事前に粉砕して粉にしたお骨を水溶性の紙に包んであるものを投げる、というかたちだ。白い包みは、ふわっと浮いていたかと思うとすぐに姿が見えなくなる。

「じいじいの好きな手作りの梅ジュース持ってきたよ」

ふと少年がお腹《なか》のところに抱いた鞄《かばん》にそう言っているのだ！　ということに気がついた。ぼくの孫と同じぐらいの子だった。いきなり涙がふくれあがってくるのを感じた。カメラのファインダーを覗《のぞ》いてそれをごまかす。

「今朝、母が庭に咲いていた花をつんできたんです」という参会者もいた。水溶性の紙の花だけ、というクルーズもあるそうだが、こちらでは、茎を取った花の部分だけなら生花を手向《たむ》けてもOKだそうだ。お手製の梅ジュース、日本酒、お茶……と故人の好きなものを海に注ぎいれるグループも多かった。それぞれ波に向かって話しかけたり頭《こうべ》をたれて祈ったりしているようだが、よく聞き取れなかった。

それぞれの「お別れ」が終わると、全員で一分間の黙禱《もくとう》。船はふたたびエンジンをかけると、反時計まわりで花がただようあたりを中心にして三回周遊、長い汽笛を三回まわしてから（これをお別れの長三声というそうだ）陸地を目指して動き出した。手向けられた花はあっという間に小さくなった。帰路、船内で立ち合い人スタッフから参加者に「慰霊葬実施証明書」が渡されてプログラムは終了となる。

「このあたりは、夜はディズニーランドの花火が見え、羽田空港に離着陸する飛行機がきれいに見える場所。海は世界につながっているので、皆様は海を見るたびに故人とつながることができます」

帰りがけの西田さんのアナウンスにうんうん、とうなずく参加者たち。西田さんに伺うと今日、散骨された故人は八〇代、九〇代の人たちという。参会者はその人たちの連れ合い、子供、孫、もしかしたらひ孫世代の幼子もいて、遊覧フェリー、と言われてもわからないくらいだ。話を聞くと、

「昨年亡くなったオフクロと今年の四月に亡くなったオヤジの二人を今日一緒に送った。妹も私も子供がいないし跡継ぎもいないから、自分もいつかは、事務局の人に送ってもらうことになると相談している」という老兄弟もいれば、

「父親を。本家の墓にはほとんど行ったことがないし、本人や母の希望もあった。海外暮らしが長かった人だから海に還《かえ》って世界中に行けるのはいいと思って。まだ自分らの

ことは妻と話しあったことはないけれど墓は買わないだろうと思っている」という息子たち家族も。

「まさか富士山が見えるなんてねえ、嬉《うれ》しいねえ」という声も聞こえてくる。

みな、すこしホッとしたようなさっぱりした表情でいるのが印象的だった。

葬祭。コロナの前と後

コロナ以降、葬送関係の実態は激変した。

これまでの葬式は規模が大きくても小規模のものでもむかしの知り合いの逝去であってもとにかく連絡が素早くやってきた。こちらも何はともあれ通夜か告別式のどちらかに行くことにしていた。

しかし最近の葬儀は、その知人が亡くなってだいぶたってから逝去したことを伝える文書がとどき、葬儀は親族のもので行いました、と書いてあったりする。

不謹慎ながら、それを見てなんとなくホッとしている自分がいた。とくに今年は早い梅雨なんだか早い夏なんだかわからない荒れ模様の年で、決定的なのはさらに予期しなかったウイルスという恐怖がとびかうなか、大勢が集まる葬儀に出向くのは億劫《おっくう》だった。

新聞では昨年あたりからしばしば有名人の訃報が同じように変化してきている。氏名を見て、えっと思うのだが葬儀は近親者で行いました、お別れの会はまた後日などと書かれている。

ひところ前はビッグスターの死などになると招待しない人までおしよせて大変な騒ぎになっていたが、追い返すわけにもいかずありがたいやらたいへんやらで当事者は対処のしかたも悩ましかったにちがいない。

新型コロナウイルスは指定感染症に定められているため、このウイルスによる死者は死亡確認後すぐ感染者用の遺体収容袋に納められる。病院で亡くなる場合、普通だと看護師により清拭《せいしき》や遺体処理が行われるが、これも感染拡大のリスクがあるため実施はされない。

医療機器を撤去し、遺体は袋ごと納棺し、感染拡大防止のためそのまま火葬場に送られて火葬される。感染防止用の遺体袋はそのまま燃やしてもダイオキシンなどは発生しない素材を使っているから問題ない。遺族はご遺体との面会はできない。葬儀は御骨にしてから行われる。今のところこの流れは厳格であるという（二〇二三年五月の5類感染症への移行に伴い緩和された）。

葬儀も、当初は人数制限をし、少数であれば火葬立ち会いもできたケースもあったというが、参列者のなかにルールを守らない人がいたりすれば、感染拡大のリスクが増大してしまうため、厳格にならざるを得なかったのだろう。

また病院や警察、葬祭場などでは霊安室や安置所の利用に制限が発生し、処置や納棺などの場所が逼迫《ひっぱく》したり、新しいルール作りに追われたり、まだまだ現場では大変なことばかりだと思われる。

この先、加速度的に「葬儀縮小」の傾向はすすむだろう。しかし、親戚すら呼ばない、参加しない「家族単位のクローズドな葬儀」になっていくのは悪くない、という考え方もあるだろう。

東京湾の青い空の下、それぞれの家族の静かで賑やかな別れの姿が思い返される。


二〇二〇年に入って世の中は急に暗くなってきた。

新型コロナウイルスによる死者は全国のものが合算され、グラフ化され、どこか現実味のない膨大なものになって連日その数値は上昇する一方だった。テレビのニュース画面には緊迫して不安な数字が提示される毎日になった。

コロナ型肺炎が猛威をふるいはじめた頃、ぼくは同じような状況のなかで沢山の人間が死んでいくSFを読んでいた。ウイルスが関係するものの結末の多くは、あるとき突然地球からウイルスが消え去ってしまう、というけっこう狡《ずる》い内容のものが多かった。あるときふいに襲ってきて地球を壊滅同然にし、また別の肥沃な星を狙って去っていく、というパターンだ。

宇宙から襲ってきた正体不明の凶悪生物の代表はエイリアンだったように思うがあいつらは大体全身が油をかぶったようにヌルヌルヌラヌラで、おまけにそこには硫酸系の体液が入っている。あの手の映画など見るときあんなぬるぬるして油系のものが常にこぼれ流れ出ている手で、宇宙船の精密なコンピューターをあやつれるものだろうか、という疑問がうかんでくる。ああいう杜撰《ずさん》な科学の地球侵略生物は全世界の宇宙攻撃戦力が合同して攻めればなんてことないいんじゃないかとケタケタ笑いながら見ていたものだ。

侵略者でもっとも恐ろしいのは結局今度のウイルス系になるような気がする。

作家たちが書きたかったのは人類が予期せぬものに襲われたときどう考えどう対処するか、人間の本性と不条理——のただ一点であった。

ペストの出現には諸説あるようだが、主なパンデミックだけで三回と言われている。一四世紀の大流行ではヨーロッパの人口の三分の一が死んだともいう。かつて世界に蔓延した、この凶悪なペスト菌をコロナウイルスになぞらえるのはどうも気がすすまないが、この菌をタイトルにした本が再び売れているという。はっきりとした題名は忘れたが〝世界でもっとも残酷な仕事〟というような書籍のなかに、ペストで死亡した人を埋葬する仕事人の話がありずっと覚えている。

かれらは長い黒いマントを着て長い棒を持ち、その先端に赤い小旗が結びつけられている。近づくべからずの印である。ペストの死者が告げられると馬車でその場所に行き遺体を定められた墓地に運んで埋葬する。かれらは墓地の入り口の小屋に共同で住み、多くの一般の人びとに遠ざけられながらひっそりと暮らしている――そのような内容だった。

ぼくの「意思カード」

夥《おびただ》しい関連のニュースのなかでも気になった短信があった。「週刊現代」がコロナウイルス感染者が七万五〇〇〇人超、死者が七五〇〇人超（二〇二〇年三月二七日時点）になったイタリアの惨状を伝えていて、かの国では、ぼくのような高齢者が感染したら「死んでもらうしかない」というのである。

イタリアの高齢化率は二三パーセント、死者の約九割が七〇歳以上という。あらゆる医療器具が不足しているからだが、一番深刻なのは新型肺炎の治療に不可欠な人工呼吸器の数が足りないので、若く、助かる見込みの高い患者を優先しているという。これは、ぼくが三〇代の頃よく仕事をしていた元木昌彦《もときまさひこ》氏によるレポートだったが、それによると、地元の新聞では七〇歳以上の患者にはモルヒネで安楽死、葬式禁止という報告をしている。

新型コロナウイルス感染症をめぐり、高齢の患者が集中治療を若者に譲ることを想定した「意思カード」に注目が集まっている、というのもあった。公開したのは循環器内科医の石蔵文信《いしくらふみのぶ》氏が代表を務める団体。人工心肺装置が逼迫した現場で、その患者に使うべきか「命の選択」を迫られた場合の医療従事者の精神的負担を減らすのが目的だが、高齢者などへの圧力にもなると批判するむきもある。

「毎日新聞」の六月一四日朝刊トップには「オンライン葬儀、浸透」の見出しで「密閉・密集・密接」のいわゆる三密を避けてネットで親族などが通常の葬儀に参集できるシステムを始めた、という記事も出ていた。

東京のある業者は四月中旬にこのサービスをはじめ、五月末までに約五〇件を実施したという。名古屋の家族葬専門の葬儀社は家族四人が参会し、コロナの関係で海外から日本に来られない娘がネットを通じて参加し、葬儀会場の家族らと言葉をかわし、亡き父の顔を拝むことができて安堵《あんど》したという。

新型コロナに感染して家族が亡くなった場合、感染リスクを避けるために遺族らは火葬場に行けないため、葬儀業者が遺骨を骨壺《こつつぼ》に納める「骨あげ」や運搬まで代行し、自宅の前に骨壺を置いて「今置きました」と電話する、というサービスを行っているという。

こうした新しいシステムの葬送は各都道府県によって規制内容が様々に異なっているようだが、双方納得できる方法で、新しい葬儀や法要の方法がさらに生まれていくものと思われる。

七六回目の誕生日

前節の「毎日新聞」の日付は二〇二〇年六月一四日だった。ぼくの七六回目の誕生日である。誕生日は六〇代の頃はけっこう意識したものだ。

「あれれれ。まずいぞこれは」というような気分だ。なにがまずいのか自分でもよくわからなかったが、とにかく「まずいことになっちまった」という気分だった。

けれど七〇代になると当然ながら六〇代の続きであり、なにかが大きく変わってしまった、という感覚にはならなかった。自分もまあここまでよく生きて来られたものだ。

というごくごく穏やかな感覚だ。世の中は知らぬ間に人生一〇〇年時代なんて言っている。

なんてことだ。ほんの少し前、ぼくがモノカキ業に入った頃、一〇〇歳というと世間では相当の話題になっていたというのに。

三〇代の頃にビールのコマーシャルをやっていた。夏に放映するために二月の徳之島《とくのしま》の堤防で撮影していたときのことだ。ぼくは間抜けな釣り人で、小さな防波堤の突端で釣りをしている。傍らにビールと氷が入ったバケツがあり、別のオケに釣れた魚が入っている。そこにノラネコがひっそり近づいてきて、ぼくの釣った魚を指先でちょいちょいと取り出してくわえてトコトコ逃げていく。というお話だった。

夏の設定なのでぼくはTシャツ一枚だ。朝一〇時頃からの撮影だがそれでもよく冷えたビールをうまそうに飲む、いや飲まねばならない。そうして思いがけないハプニングがおきた。いまどきの飽食ネコは生魚を食おうとしないのだ。スタッフがカメラに映らない死角にベニヤ板を「ハ」の字にしかけてネコをそこにしむける。

でも行かない。二日ほど絶食させたりしたが、もともとそのネコは魚などに興味がないようなのだ。ぼくのほうは朝からいくらでもビールが飲めるのだからこんなにいい話はない。

五日ほどトライしたがネコのキャスティングに失敗した、という判断が出て、ネコさまのシーンは後日撮り直し、ということになった。毎日夕方には撮影が終わる。旅館に戻ってごくろうさまの夕食になる。そのとき「おつかれさま」のビール乾杯になるが、ぼくはなにしろ朝から飲み続けである。ぼくだけ一人酔っている、という間抜けな毎日だった。

あの頃ぼくは体力的にイブクロ的に全盛期だったように思う。瓶ビールは一〇本ほども飲めた。バカなのである。

なんでこんな話を思いだしたかというとその頃、この徳之島に住んでいる泉《いずみ》重千代《しげちよ》さんが一〇〇歳を超えた、といって話題になっていたからだ。ぼくは元気とはいっても自分が一〇〇歳になるなんて想像もできないことだった。テレビのインタビューでリポーターが「どんな女性が好きですか?」と聞いていた。「歳上《としうえ》の人がいいなあ」と一〇〇歳老人は笑いながらそう言った。いいなあ、と思ったものだ。きんさんぎんさんが現れたのはそのだいぶ後のことだった。

そうして今は国民全員一〇〇歳時代だ。

あの頃、ぼくは怖いもの知らずの仕事をしていた。パタゴニアの氷河を馬でいき、アマゾンの奥地にどんどこ進み、シベリアのマイナス五九度を横断し、グレートバリアリーフをダイビングで北上した。モンゴルには三年ごとに行って馬で北上した。メコン河をがしがし下った。シルクロード探検に出て青年の頃に人生の目標にしていた楼蘭《ロウラン》に真夜中に到達した。

人生が楽しくて仕方がなかった。

だから、このコロナ禍、世界中で毎日たくさんの感染者と死が報道されているのを眺めて、改めて死というものを真剣に考えるようになった。はじめて「生きていくこと」「死すること」について真剣に考えるようになったのである（今までしてきた連載はなんだったのだ、という編集Tのぼやきが聞こえそうだ）。

冒頭、ちょっと書いたように葬られるならば子供の頃、一番遊ばせてもらい、ぼくの健康のモトを作ってくれたに違いない海に戻っていきたい、と思い、自然葬やその前の死にゆき方についてのいろいろな話を聞き、本を読んでみた。どうもそれはもっとじっくり考える必要があるのかもしれない、と思うようになってきた。

献体、という死して自分の体をいくらかでも役だてる方法がある。

ぼくの親類で三人がその方法をとった。何年かたってお骨が戻ってくる。大勢の知り合いを呼んで葬儀というものをしなくてすむ。遺族が割り切ってしまえばあっさりしていいような気がするが、献体の申し込みはあるときから急に増えてなかなかこちらが思

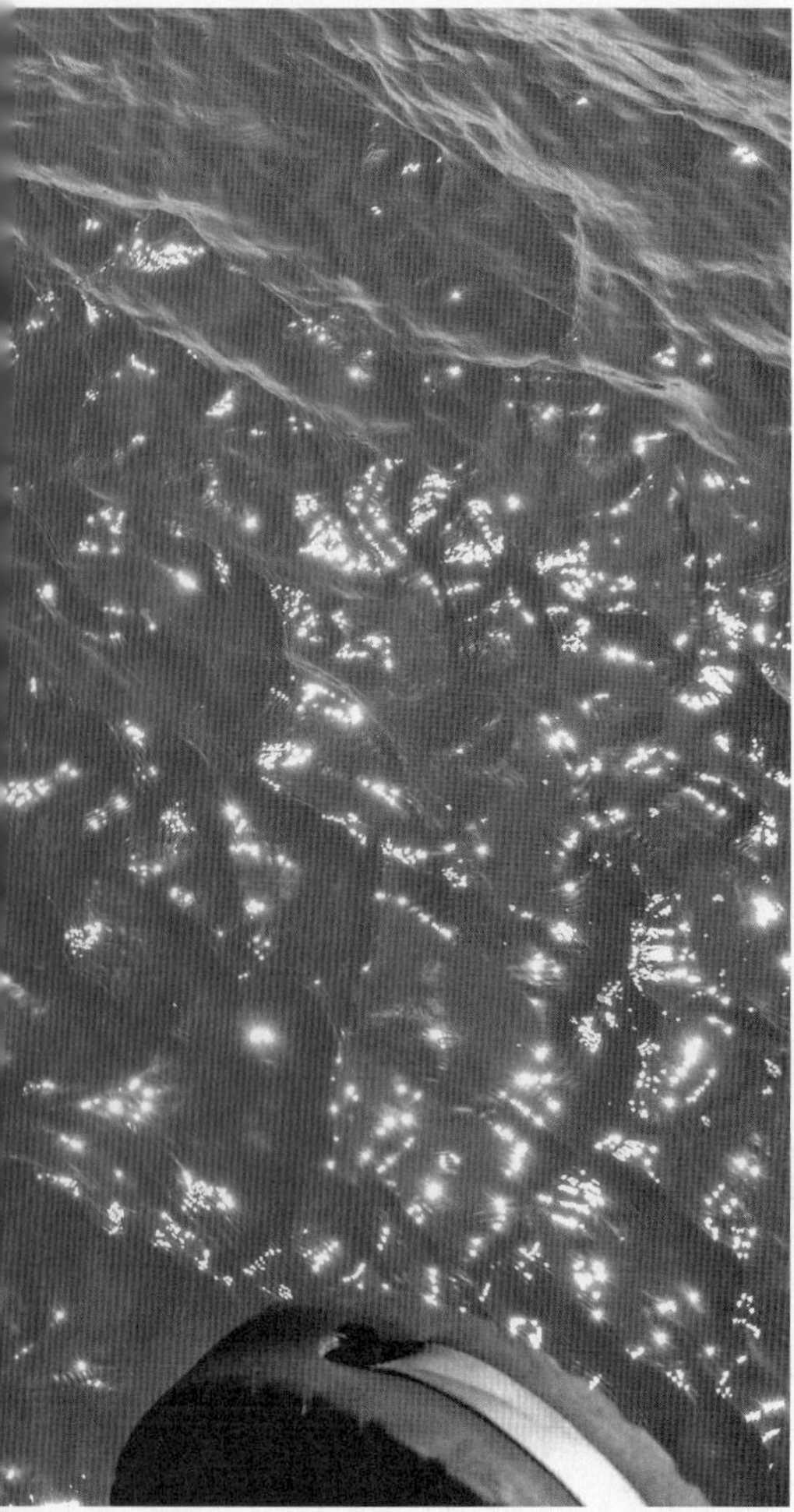

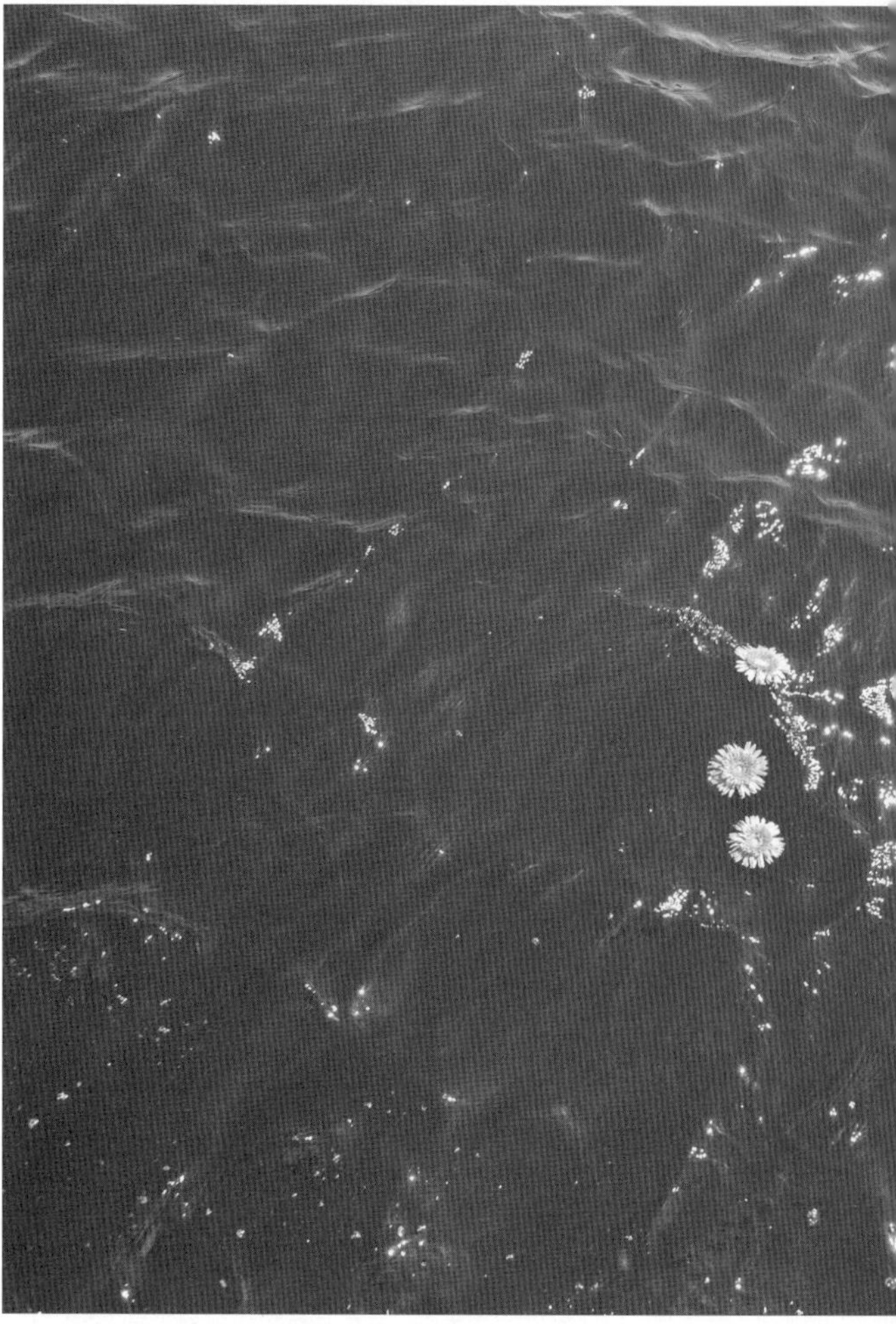

うようにはいかなくなっているらしい。コロナ死などが増えている現在は、そこに別の要素が入ってきたようだ。

二〇二〇年夏、安楽死を巡って警察の捜査が介入し逮捕者が出た。

安楽死について医師が書いた「安楽死は安楽に死ねない死」（小笠原文雄《おがさわらぶんゆう》）という記事を読んだ。

安楽死は広辞苑《こうじえん》によると「助かる見込みのない病人を、本人の希望に従って、苦痛の少ない方法で人為的に死なせること」とあるが、安楽死とは本当に苦痛の少ない死に方なのだろうか、「安楽死は楽に死ねるのか」「他人に迷惑をかけない死に方なのか」さらには「安楽に死ねる方法」などについて書かれているが、はなからとても難しい問題であることがわかり、もっと勉強しないとぼくなどにはなにも言うことはできないが、『死にたい』とその場で言っている人でも、実際に死ぬとなればどんな気持ちになるかは、その時その人にしか分からないものです」という一文が心に残った。

人間だけが自分がいつか死ぬことを知っている動物である、と冒頭に書いた。しかしあたりまえのことだが死についてあれこれ考えても死ぬときにしかわからないのだ。

いま格別に急いで死にたくはないので、やはり時期がきたら海のモクズにしてもらうか、とぼんやり考えている。ぼくたち夫婦は自分の墓を持っていない。だいたい個人ごとに墓などいらないのではないか、という考えだったからだ。大昔からその土地、その国の権力者がみんな途方もなく大きな陵墓を作ってきた。ピラミッド、タージ・マハル、大仙陵《だいせんりょう》古墳、秦《しん》の始皇帝《しこうてい》陵などなど権力者らはとにかく無意味にでかいものを作りまくり土地を破壊し、多くの人を消滅させてきた。

地球上からこの手の無意味に巨大な陵墓をきれいさっぱりなくして、地球の大地、河川、海を残して生まれ変わらせるようにしたらどんなにさっぱりするだろうか。

世界中の国が軍事力を放棄し、その莫大《ばくだい》な費用で死者を乗せた巨大シャトルを定期的に太陽に向けて送り込んだらいい。いくつものシャトルがどんどん太陽熱で焼却される時代がくればもっとさっぱりするだろう。地球生命体の源でもある太陽の、輪郭にはじけるコロナに返してやるのがいいように思う。

八丈島の海へ
〜あとがきにかえて

この本ではあちこち取材をしてきたのだが、事前の状況認識、下調べや資料を読んだり、取材対象となる組織や施設などの許可を得るためにけっこう長い手続き期間が必要だったりした。こうした許可待ちとか季節待ちなどに思いがけなく長くかかったりして小説のように自己ペースでぐいぐい進めていく、というわけにはいかなかった。

またこういうテーマなので取材先でいつも思いどおりの結果を得るというわけにもいかず、自分たちのふいの状況変化などもあり、最初ふくらませていた意気込みが途中で挫折、あるいは消滅してしまうことなどもあった。阿寒《あかん》のアイヌの人たちに伝統の先祖供養の儀式「イチャルパ」を見学させてもらったり、落語家の立川平林《たてかわひらりん》さんに「防犯落語」なるものを聞かせてもらったときなどがそうで、申し訳なくもあり基本的にいいかげんなぼくは何度も途中挫折しそうになった。

そのたびに志操堅固、根性のあるT編集者の機関車のような力強い牽引力《けんいんりょく》によってなんとかぼくもヨタヨタひきずられていった、という実情がある。長い作家人生、これだけ引きずられるようにしてコトにあたっていったことは初めてだった。

確たる取材の終着地、終着点、というものを見失いぼくは終盤オロオロしていた。うんと大袈裟《おおげさ》に語れば、テーマがこういうものであるだけに、自分の「死に場所」が定まらず、その主題を思うたびに都会の雑踏の歓楽についついい逃げようとしている自分を知った。

しかしそれでは話は空中分解だ。終盤にくると、もうぼくは（妻もそうだが）自分らの墓をもたず、自然葬に身をゆだねようと決めていたから考えることは、どこでわが身を消滅させていくか、ということだった。

その場所は決めていた。最後の取材はその場所へ、と編集者と話していたところへ世界がコロナに襲われた。取材どころか、人に会うこともままならない日々が続き結果的に連載のスタートから三年が経《た》とうとしていた。

何故《なぜ》かわからない運命の流れのようなものによってぼくは二〇代前半の頃に八丈島《はちじょうじま》に行き、思いがけなく起伏にとんだ、そしてスケールの大きな島のふところにここちよく抱かれていくことになった。

ぼくを最初に島に連れていってくれたのは親友で若き弁護士として活躍しはじめた頃の木村晋介君だった。彼はその頃、八丈島のちょっとした事件にかかわっていてよく島に通っていた。ある日「島の裁判の様子を一度見てみるかい」と彼は言った。ぼくはまだモノカキになっておらず何ということもなくヤジウマとして一緒にくっついていった。

島の裁判所だから小さな規模だったけれどちゃんと検事がいて、その事件（どうやら土地問題らしかった）に係わる老婆が一人いた。弁護士の木村が一人、傍聴人のぼくが一人。

それでおもだった人が揃《そろ》ったらしく開廷した。判事（検事だったのか？）らしき人が開廷を告げ「なんとかなんとかカントカはなんとかしますか？」というようなことを言った。木村弁護士が立ち上がり「はい」と言った。

その日はそれで終わりだった。生まれて初めて見る木村弁護士の理路整然滔々《とうとう》とした弁護士プレストンみたいな弁舌もなく、それで閉廷だった。

ぼくたちは南島の強烈な太陽の下に出た。ぼくはわざわざ東京から来てあんなのでいいの？　というようないちゃもんをつけてみたが彼は強烈な太陽の下で少し顔の隅をほころばせ黙ってうなずいていた。木村には若い頃からそういう大人びたところがあった。

島には木村の知り合いが断然多く、もうすでに約束していたらしい通称「坂上《さかうえ》」地区のほうにタクシーでむかった。

島は見事な瓢箪《ひょうたん》形をしており、くびれのあたりに島の重要な行政区画がある。島の文化的なものが集まる地域から長くけっこう急峻《きゅうしゅん》な坂を登っていくと瓢箪の大きいほうの地域に入っていく。こちらは断崖が多く、力のある漁師たちが住んでいた。

木村は何度も来ているらしい島独特の丸石がこいの家に入っていった。

もう待ちうけていたようで広い庭にはアンペラ（カヤツリグサなどで編んだ敷物）がひろげてあり早くも島の郷土料理が並べられていた。

さしたるあいさつもなしに、日が落ちないうちにということで早くも酒宴がはじまった。八丈島の酒は芋焼酎である。おんなたちが素早く料理に火をいれ、その匂いをかいだようにして漁師風の人が次々やってくる。その顔ぶれとはちょっと違う哲学者のような顔をした人もやってくる。庭の隅にヤギが一匹いてさっきから怯《おび》えた鳴き声をあげている。八丈太鼓が担ぎ込まれてきた。

その家のあるじは山下浄文《やましたきよふみ》さんといってフェニックスロベレニーの栽培と漁師をしており、ぼくと木村弁護士と同じ歳《とし》だった。さらに彼は島で一人だけの共産党議員だった。東京農大出のインテリでもある。

その日の晩は庭のそこらにしつらえられたかがり火のもと八丈太鼓ががんがんならさ

れ、さきほどから怯えていたヤギがまたたくまに解体されローストにされた。一匹分だから食いでがある。ぼくは何故だかわからないが東京のマンガ家のセンセイということになっていた。

そのうち捩《ね》じりハチマキをした精悍《せいかん》な顔をした若い漁師がやってきて、まずは太鼓をがんがん叩《たた》き、焼酎をぐいぐい飲み、その頃島ではまだ食べられていた大きな赤海亀を持ってきて「マンガの先生。島のカメはうまいよ」と言って大きな赤身を切り取ってくれた。その精悍な顔をした青年が後に一番親しくなる山下和秀《かずひで》だった。

まったくの無礼講だから誰がどこで何を喋《しゃべ》って、なにを踊っているのかわからない。そ肉を剝がした赤海亀を背中に背負ったカメカメ音頭なんてのをやっている人もいた。そうかと思うと焼酎をあおり続け、酔っぱらって早くも庭の隅で寝ている人もいる。

「ここは楽園のようなところだ」

ぼくはさすがに酔ってそんな風景を眺めながら東京都の島にこんな南国島があるなんて、とフラフラした頭で考えて感動していたのだった。

それからぼくの八丈島通いがはじまった。

季節ごとに海の獲物が違うので浄文さんや和秀の漁船に乗せてもらってぼくも漁師仕

事を見よう見まねで覚えていくのが楽しかった。藍ヶ江《あいがえ》という夢のように美しい小さな港があって、夕方頃に漁師が捕まえたばかりの大きな伊勢海老《いせえび》をぶらさげてやってくるとすぐにそこらにある流木を集めてそいつを焼き、たちまち焼酎の宴会になる。焼酎は近くの畑の隅に大きな瓶《かめ》にいれて長期保存してあるからそいつを飲む。漁師らはこの伊勢海老宴会で明日の獲物の情報を交換しあっていた。

そんなことをやっているうちにぼくもけっこうきちんと漁船の操縦ができるようになった。帰港して岸壁に接岸させる、クルマでいえば幅よせも慣れないと難しいが、コツをつかんでしまえば大きな波やうねりがないかぎり大丈夫だった。

そんなとき浄文さんから相談をもちかけられた。

「シーナさん、島で船を持たないかい」

浄文さんの船は〇・五トンの片側アウトリガー（海のカヌーのようなもの）だったのでもっと大きな船がほしかったのだろう。

ぼくは意気に感じ、予算は四〇〇万ぐらいだというので木村弁護士、新宿の居酒屋経営者太田《おおた》トクヤ、マンガ家の東海林さだおさんにその趣旨を話し、ぼくも一〇〇万円だして四人名義で一・三トンの、八丈島で一番スピードの出る小型漁船を買った。母港は夢のように美しい藍ヶ江にした。

進水式には東京からもシンパシーをもったファンの人が五〇〇人ぐらい集まり、盛大だった。

それからはその船でいろんな漁に出た。あまり遠い海は天候の変化への対応が難しいので一人のときは近海での魚を狙った。

あるとき浄文さんが「シーナさん泳ぎ釣りをやりましょう」と言った。島の海は水深一五メートルあっても底まで見える。アカハタという四〇センチぐらいのけっこううまい魚をみつけ、その魚の顔の前に餌のついた針を置いてすこしずつうごかしていくとやがて嚙《か》みつく。そうしたら引き上げる、という単純な釣りだったが面白かった。でもそうやってアカハタを狙っているとき浄文さんが共産党の議員であることを思いだし、アカハタを狙うのは宿命のようなものだ、と考え水中で笑ってしまった。

簡易フーカー（送気式潜水）でも潜った。船の上に設置した空気ポンプからモーターで空気を長いパイプをとおして供給してもらう。水中、海底を好きなように進んでいって回遊魚をモリで狙うのだ。島にいくたびにいろんな釣りをやり、太田トクヤや東海林さんなどにも体験してもらった。しかし浄文さんは一〇年後に亡くなり、われらがその船は、ある年襲ってきたもの凄《すご》い台風に海のどこかに持っていかれてしまった。

ある年の午後、山下和秀にスクーバダイビングで伊勢海老をとりにいこう、と誘われた。藍ヶ江の大堤防を回り込むとそのあたり一帯は高さ一〇〇メートルぐらいの急峻な崖が続いている。そこをしばらく行ったところの水中四、五メートルのところに横穴があいていてそのトンネルの中に伊勢海老がぎっしりいるんだ、と言う。

潜っていって手摑《てづか》みできるから面白いよお。和秀は言った。

フーカーで潜ったことはあるが、タンクを背負ってその空気を吸いながら潜っていくスクーバダイビングは、一年ほど前に池袋のサンシャインシティの最上階にある深さ四メートルの流れるプールを、簡易エアタンクで潜った経験しかない。大きな回遊魚と一緒になって潜って回転する楽しいダイビングだった。それだけの経験で南海の、見ただけで圧迫感のある巨大な垂直壁の海に潜るなんて冷静に考えれば狂気じみていた。でもその頃ぼくは無邪気に若く、なんでもこい、といつも思っているバカ者だった。

しかも漁師の用意してくれたダイビングギアは重要なスタビライザーがついていなかった。そこに空気を入れて自分の体を水中で中性浮力に保ち、潜るときは空気を放出し、浮上するときはその逆に空気を入れて徐々に海の上に出てくる。安全なダイビングには一番重要な「浮力器」だ。でもその頃はそれさえも知らなかった。これがないまま海にた。飛び込んだぼくは腰にまいた八キロの鉛のウェイトベルトによって頭まで沈んでしまった。ベテランダイバーでもやってはいけないことだった。

おまけに海流がかなり強く、どんどん流されている。海面から顔を出せないのでスノーケルで空気を吸っていたがそのままでいたら過呼吸になってしまった。その予兆はあった。ぼくはパニックを起こしていた。欠陥のある装備と未熟さが重なってぼくは完全に溺れていた。そのままでいたら海流に流され簡単に溺死だった。愚か者もいいところの無鉄砲がいけなかったのだ。

でもそのあと、ぼくは和秀の船に乗って用心深く、でも基本的に荒っぽい潜水をおぼえていった。いったん死にぞこなったからヘンなクソ度胸ができており、テレビの二時間ドキュメンタリでオーストラリアの世界最大の珊瑚礁《さんごしょう》、グレートバリアリーフ（全長約二〇〇〇キロある）を潜りながら一カ月かけて北上していく、なんてことをやれるようになった。都会のダイビングスクールではなく八丈島の山下和秀の荒っぽい実地教習のたまものだった。

島に行くと和秀はいつもぼくの車を空港に用意してくれていた。その時間彼は海に漁に行っていた。

島で和秀と飲むのが楽しかった。本当に力のある（喧嘩《けんか》も強い）素朴で気心のやさしい男だった。あるとき、彼に思わぬ厄介がおきた。なんだかわからないけれどウイルスが侵入してそれが頭にいくと死ぬ、と医師に言われていた。幸い左足だけでくい止めたが、島の病院にしばらく入院していた。でも治療法がなかった。彼は病室で無聊《ぶりょう》の日々を過ごしていた。

何度か見舞いに行ったぼくは彼に「本を書け」と言った。「そんなの無理じゃあ」と彼は言っていたけれど、出版社を紹介して強引に書かせた。暇だらけの彼は自分の激しい体験記を書いた。『東京都・豆南《ずなん》諸島まるごと探検』（三五館）、漁師が真剣に書いた迫力に満ちた本だった。

和秀は力のある、しかも実にいい男だった。その後ぼくは映画を撮る一〇年があり、最初の頃に撮った『うみ・そら・さんごのいいつたえ』（一九九一年）という沖縄を舞台にした映画にかなり重要な役で出てもらった。素潜り三〇メートルのクブシミ（コウイカ）突き。漁師だからといって易々《やすやす》とできる技ではなかった。

二〇二〇年一〇月一二日、ぼくはT編集者と太田トクヤと、あと三名のチームで八丈島に行った。散骨を望んでいるぼくは〝その場所〟を八丈島と考えていたから山下和秀に頼んで船を出してもらい自分の骨を流す場所を見極めておこう、と考えたのだった。

とはいえその場所は島のどこと指定できるものでもなかった。海はその日ごとに状態が変わる。島をとりまいている海流も時間ごとに変化する。

ましてやその日は初めて島にきた編集者にこの島の光景と風に触れてもらいたかったから和秀には船の行き先の指定も相談もなにもしていなかった。

その日は日本中が何十日ぶりというぐらい久しぶりに隅から隅まで晴れ上がっていた。波もうねりもない。

気がつくといつのまにか辛《つら》い記憶のある断崖の近くに来ていた。潮の流れの関係でその先にはいけない、と和秀が言っている。

荒々しいまっすぐに突き出た岩の形に記憶がある。

ここは三二年前にもう少しで自分が溺死していたところではないか。和秀にたしかめるとうなずいている。それに気がついたとたん、ぼくの精神と体に変化がおきた。全身に形容しがたい恐怖が走り、ぼくはみよし（舳先《へさき》）近くにひしゃげたように座り込み、しばらく動けなくなっていた。

PTSD（心的外傷後ストレス障害）らしきものに初めて直面していたらしい。

パタゴニアのパイネ山群の、雪のつもった岩の稜線《りようせん》を馬で旅していたとき、もう少しで墜落しそうになり、全身が硬直し動けなくなったときに似ていたが、快晴の下、まわりの人にはなんの危険もない風景のなか、ぼくは一人船の上でへたりこんでいた。

ああ、やっぱりやがてぼくは風に吹き飛ばされ流されるくらいのこまかいモノになってここに戻ってくるのだな、ということを確信した。愚かなことをいっぱいしてきたけれど、そんなに悪い人生ではなかったよな、とぼんやり考えていた。

その夜はみんなで宴会になった。うまい魚とビールと焼酎の昔ながらの楽しい宴《うたげ》だった。和秀はぼくの正面で飲んでいた。無口な彼がその夜は随分雄弁にいろんなことを話し、沢山の焼酎を飲み、嬉《うれ》しそうだった。彼は一〇歳ぼくより下だ。

以前からよく言っていた。「シーナさんはよお、おれの一〇歳上の兄貴だと思ってるんだ」

嬉しい言葉だった。酒の強い彼はその日、信じられないくらい酔っていた。笑い顔が多く、気分がよさそうだった。死への旅ではなく大漁の旅にまた一緒に出ようぜ、と話しあった。

さらば友よ〜文庫版のためのあとがき

死とその周辺について取材し、考える。

避けていたわけではないが、これまで正面からむきあうことのなかった、大事な、そして重いテーマだ。

そのためにたくさんの取材を経て出会ったのは、ぼくにあたらしい思考と行動を必要とする「自分のとなりに濃厚にただよう未知の世界」だった。

取材していくたびにそこから次々にあらわれ、ふくれあがってくるあたらしい事象にどれだけきちんとむきあい、認識を深め、自分なりの思考を積み重ねていけるか、という課題がおきていた。

その最大のきっかけとなったのは本書でもストレートにとりあげた大阪の「お骨佛《こつぶつ》」だった。その概略をある本で読んだ。それはまさに意表をつく世界。

ただもうオドロいているだけの幼稚なぼくに、もう少し踏み込んで実際に目にし、話を聞いてそれらの周辺をじっくり取材していくのはどうでしょうか、と具体的に思考の方向を示してくれたのが本書の編集を担当している武田和子さんだった。

制作過程のうちわのことをこうして書くのは編集者が困惑する、ということはよくわかるのだが、今回はどちらにしてもごくみぢかな人のことを書かねばならないので、どうかお許しねがいたい。

よく考えるとこれまで沢山書いてきたわがヨタヨタ本のなかで、取材を柱にして書いてきたのは大雑把に分類すると「旅本」だった。旅本はいろいろ行った世界の面白いこと、不思議なこと、などにむけて好奇心全開にして書いている「単純構成の本」だった。でもその基本は、よく考えると興味本位に取材し、まとめるという程度だった。

だから、初めて行く知らない外国の風景を「広い」とか「大きい」とか「風がきれいだ」などとほざいていればよかった。そして恥ずかしいのはそれらに「なぜ？」という感覚がまるでなかったことだった。

「なぜ大きいのか」「なぜ風がきれいなのか」というようなことにちょっとでも踏み込めば（たぶん）もっと深い思考が生まれてくるはずだった。

本書ではそれぞれの取材で、そういうことの端緒に触れ、思考していく練習をしていけたような気がする。

この本が単行本になってしばらくして文芸評論家の北上次郎《きたがみじろう》（目黒考二《めぐろこうじ》）と対談した。彼とはたがいに青年の頃からの朋友《ほうゆう》である。

ありがたいことにぼくの書いた本（わぁ、なんと三〇〇冊ほどもある）の殆《ほとん》どを（仕事で）読んでくれていて、冷静にそれらを分析した二冊の単行本『本人に訊《き》く　壱《いち》・弐《に》』をここ数年で出している（それぞれ集英社文庫所収）。その北上が本書を読み、なによりもこの書名『遺言未満、』が意表をついて秀逸だ。ときっぱり言った。彼がぼくの本について「よい」と評価してくれたことはこれまで一度もない。「仲間褒めはしない」という彼のなかの大事なきめごとがあった、ということも関係していたのだろう。

ぼくが自分の著書の題名の多くを自分でつけている、ということを彼は知っているが、八対二ぐらいで編集者などが考えてくれている、ということも知っていた。

北上に、これはぼくの担当編集者が苦労してつけてくれた題名である、ということを伝えた。彼は大きくうなずき「意表をつき、謎をふくんだ、実に魅力的な書名だね」と言った。

なんだかたいへん嬉《うれ》しかった。あしかけ二年、やみくもにいろんなところを取材して歩いた相棒の編集者が辛口評論家に評価され、たいへん嬉しかったのだ。

本は著者だけのものではなく、立場を微妙に変えながらも作家と編集者がともにタタカッて作っていくものなのだ、ということを改めて実感したのだった。

「本の内容はどうだった？」

長い付き合いだからザックバランに聞くことができる。

「シーナがはじめて挑んだテーマ、ということが内容の濃淡からよくわかるね。重いテーマでもシーナが独特の関心と興味をもって臨んでいる、という事例や、章によってはとらえていきたい入り口がわからず、外側をグルグル回っているだけというケースとかね。それぞれ真剣にむきあっているのはよく見えてくるが、ときおり腰が引け気味なところが見えてくるともどかしいね」

北上次郎は学生の頃、仏教の周辺をうろつき、インドまで行っている。インドヒッピーは彼の世代あたりから熱い。

彼は「本書は全体がひとつの入り口だ」と言っているのだった。

しかし、思えば長い付き合いになる北上次郎と、むかいあってじっくり話をしたのはこのときが最後だった。次に話をしたのは電話だった。

「もうシーナとじかにむかいあって話をすることができなくなったよ」と彼は言うのだった。

とつぜん肺ガンが見つかり、あと一カ月の命なんだ、と電話のむこうで彼は言った。

どこか遠いところから話をしているような気配だった。

彼はもともと理性的で頑丈な精神だった。ぼくはしぼりだすような彼の声を聞いて狼《ろう》狽《ばい》していた。

彼とは不思議な人生の経緯をともに乗りこえてきた。二人で小さな会社を興し、三十年かけて月刊誌を発行していく会社に育ててきた。

共同でやってきたその仕事が軌道にのり、互いにリタイアできたのはほんの数年前のことだった。

だからその電話での話は衝撃だった。

そしてはじめて挑んだ「死」にむきあっていく本の「あとがき」に彼の話を書くことになろうとは。

彼とはその後何度か電話での短いやりとりがあった。日を追うごとに疲れがはっきりわかり、電話で話をする時間も短くなっていった。

「なにか楽しかったときの話をしてくれよ」彼は力のない声で、でも無理に笑いながらそう言った。

ぼくは必死になって、たくさん記憶にある共通の経験のなかで、若い頃によく行っていた無人島キャンプの話をした。

いつもキャンプの夜、仲間数人と焚火《たきび》を囲んで歌をうたった。

北上次郎はそういうときにかならず「ひょっこりひょうたん島」を歌っていた。そのことを話した。

「あの頃は面白いことをけっこうたくさんやったよなあ」

「そうだったなあ」

話は二分ぐらいしかできなかった。

「いろいろ、楽しかったよなあ」

「そうだったなあ」

そうしてしばらく互いに黙った。彼は最初すこし笑ったような気配があったがとても疲れてきているのがわかった。

いくらか沈黙があった。

やがてどちらからともなく言った。

「じゃあな」

「じゃあな」

あっけなかったけれどおれたちの「さらば友よ」の挨拶はそれだけだった。

それから季節がいくつか動き、ぼくはいま編集の武田さんのリーダーシップに頼りつつ、この本のシリーズにつながる次のテーマを追いつつある。

二〇二三年十月

参考文献

『世界を、こんなふうに見てごらん』日髙敏隆（集英社文庫）
『人はどうして老いるのか　遺伝子のたくらみ』日髙敏隆（朝日文庫）
『ぼくがいま、死について思うこと』椎名誠（新潮文庫）
『葬送の原点』上山龍一（大洋出版社）
『世界の葬送　125の国に見る死者のおくり方』松濤弘道監修・「世界の葬送」研究会編（イカロス出版）
『江戸の町は骨だらけ』鈴木理生（ちくま学芸文庫）
『勝手に関西世界遺産』石毛直道、井上章一、桂小米朝、木下直之、旭堂南海、島﨑今日子、宮田珠己（朝日新聞社）
『うえまち　上町台地を想い観る』高口恭行　NPO法人まち・すまいづくり「うえまち編集局」企画・編集（一心寺）
『一心寺風雲覚え書き』高口恭行（一心寺）
『九相図をよむ　朽ちてゆく死体の美術史』山本聡美（角川選書）
『水木少年とのんのんばあの地獄めぐり』水木しげる（マガジンハウス）
「地獄八景亡者戯」桂米朝
「地獄八景亡者の戯れ」桂文珍
映画『四万十～いのちの仕舞い～』溝渕雅幸監督（二〇一八年・日本）

『いのちの仕舞い　四万十のゲリラ医者走る！』小笠原望（春陽堂書店）
「山友会白書２０１７」ＮＰＯ法人山友会
『がんが消えた奇跡のスムージーと毎日つづけたこと　抗がん剤治療を放棄した夫に7ヵ月間していたこと』林・恵子（宝島社）
「再生」ＮＰＯ法人葬送の自由をすすめる会
『未来の年表　人口減少日本でこれから起きること』『未来の年表2　人口減少日本であなたに起きること』河合雅司（講談社現代新書）
「住宅・土地統計調査（二〇一三年）」総務省
「人口動態統計年報（二〇一六年）」厚生労働省
『キムラ式遺言の書き方　誰にでも簡単に書ける記入式遺言』木村晋介（法研）
『とんでもない死に方の科学　もし●●したら、あなたはこう死ぬ』コーディー・キャシディー／ポール・ドハティー　梶山あゆみ訳（河出書房新社）
『人間はどこまで耐えられるのか』フランセス・アッシュクロフト　矢羽野薫訳（河出書房新社）
映画『ガンジスに還る』シュバシシュ・ブティアニ監督・脚本（二〇一六年・インド）
『世界の葬送・墓地　法とその背景』森茂（法律文化社）
『わたしのチベット紀行　智恵と慈悲に生きる人たち』渡辺一枝（集英社文庫）
『イスラームの基本知識　信仰・崇拝行為・徳・預言者ムハンマドの生涯』セイフェッティン・ヤズジュ　東京・トルコ・ディヤーナト・ジャーミイ訳・発行
『モスクへおいでよ』瀧井宏臣（小峰書店）
『極楽タイ暮らし「微笑みの国」のとんでもないヒミツ』高野秀行（ＫＫベストセラーズ）

『移民の宴　日本に移り住んだ外国人の不思議な食生活』高野秀行（講談社文庫）
『さまよえる湖（上）（下）』ヘディン　福田宏年訳（岩波文庫）
「日本経済新聞」二〇一八年一一月一五日付
『無葬社会　彷徨う遺体　変わる仏教』鵜飼秀徳（日経BP社）
『いまどきの納骨堂　変わりゆく供養とお墓のカタチ』井上理津子（小学館）
『ぼくは眠れない』椎名誠（新潮新書）
「ナショナルジオグラフィック」二〇一〇年五月号（日経ナショナルジオグラフィック）
『眠れない一族　食人の痕跡と殺人タンパクの謎』ダニエル・T・マックス　柴田裕之訳（紀伊國屋書店）
映画『仁義の墓場』深作欣二監督、渡哲也主演（一九七五年・日本）
『図説「最悪」の仕事の歴史』トニー・ロビンソン　日暮雅通・林啓恵訳（原書房）
「週刊現代」二〇二〇年四月四日合併号（講談社）
「毎日新聞」二〇二〇年六月一四日
「安楽死は安楽に死ねない死」小笠原文雄（総合オピニオンサイトiRONNA）
『東京都・豆南諸島まるごと探検』山下和秀（三五館）

解説

吉田伸子

二〇二三年一月十九日。この日、椎名さんにとっても、私にとっても、かけがえのない人が旅立ってしまった。

その人の名は、目黒《めぐろ》考二《こうじ》。この本のあとがきで椎名さんも書かれているので、詳細はそちらを読まれたい。椎名さんとともに、「本の雑誌」を興したのが目黒さんで、私はその「本の雑誌」に学生時代から出入りし、後に「本の雑誌」の編集者として十年間勤めた。

目黒さんが「本の雑誌」創刊十周年を記念して一九八五年に書き下ろした『本の雑誌風雲録』。その文庫版の解説に、私はこんなふうに書いている。

――「本の雑誌」が椎名さんと目黒さんの子供だとしたら、椎名さんは父親で、目黒さんは母親だった。

私は母親を、そして椎名さんはベストパートナーを喪《うしな》ってしまったのである。

目黒さんが体調不良で受診し、その検査段階でステージⅣの肺がんが判明。余命一ヶ月、と宣告されたことは、ごく少数の関係者にしか知らされなかった。残された時間は、家族と静かに過ごしたい、というのが目黒さんの意向だったからだ。

私は目黒さんから直接余命のことを知らされ、その直後から本の雑誌社社長の浜本さんと早川書房の山口くんと三人で、目黒さんの仕事関係への連絡（病状や入院のことは伏せてくれというのが目黒さんからのリクエストだったため、詳細はぼかした）を担った。

今思えば、その役を担わせてくれたことも、目黒さんの親心のように思う。余命が判明してから目黒さんが旅立ってしまうまで、あの役目がなかったら、きっと私は毎日どうしていいかわからなかった。私でさえ、そうだったのだ。椎名さんの哀《かな》しみは、どれだけのものだっただろう、と思う。

目黒さんの、「椎名、椎名」と呼ぶ声。椎名さんの「目黒、ちょっと」と語りかける声。今でも、そしてこれからもその声は、セットになって私の中で消えることはない。

と、前置きが長くなってしまった。けれど、本書は「死とその周辺」について、椎名さんが考察したものなので、ご寛恕《かんじょ》を。

本書を目にした読者の方は、まずそのタイトルに目を奪われたのではないだろうか。なんといっても、「遺言」である。椎名さんのイメージからはずいぶん遠くにある言葉のように思えてしまうけれど、椎名さんの生年（一九四四年）を思えば、突拍子も無いものではないことに気づく。椎名さんも歳《とし》をとるのだ。そして、その先にあるものは、生きとし生けるものに共通する、不可避の死である。

本書は、その「死」について椎名さんが取材し、向き合った心の記録だ。死そのものはもちろんだが、若き日に、文字通り世界中を飛び回った椎名さんが、実際に見聞きした「葬送」の有り様や、それぞれの宗教の「死生観」も描かれている。

たとえば、日本では葬送の方法として火葬が一般的だが、世界では土葬や風葬、樹木葬、水葬、鳥葬……といった様々な葬送があること。モンゴルの奥地では風葬を、インド、ネパールでは水葬を、椎名さんは実際に見ている。それだけでもすごいことなのだけど、そういった過去の貴重な葬送の体験をもとに今の今、椎名さんがどのように考察しているのか。そのあたりが本書の読みどころだ。

その考察は、葬送だけにとどまらない。葬儀のありかたや、お墓そのものにまで及ぶ。日本のあのお墓は、「象徴である家名などを彫り込んだ墓碑の下にある石の箱に遺骨を納める方法」で、カロウト式というものであることを私は本書を読んで初めて知った。

そういえば、と、祖母が亡くなった時、お骨を入れるのに、何人かで墓石を持ち上げていたことを思い出す。当時は、祖母の死が悲しくて思い至らなかったのだけれど、今になってみると、毎回あぁやって、いちいち墓石を持ち上げるのは大変だなと思うし、お骨とはいえ、あんな暗いところに入れられるのは、どうなんだろう、と思う。

椎名さんは、以前から日本式の埋葬方法とその理念に疑問を持っていたそうで、そんな椎名さんが感動したというのが、大阪・一心寺《いっしんじ》の「お骨佛《こつぶつ》」だ。

「お骨佛」というのは、数万人分の遺骨を細かく砕いたものを細工して造られた仏像のこと。もとは、「宗派を問わず檀家《だんか》であるなしにかかわらず納骨でき、お参りができる」ことで人気を呼んだ一心寺が、あふれてしまったお骨をどうするかで、考え出されたものだという。明治二十年から作られるようになったとのこと。

本書にはお骨佛の写真が載っているのだが、このお像（阿弥陀仏坐像《あみだぶつざぞう》）のお顔がなんとも穏やかで、いい。像の横に「納骨萬霊《ばんれい》」とあるけれど、墓石ではなく、お骨に手を合わせることができる、というのは素晴らしいことだな、と思う。

このお骨佛の理念とは対極にある、と思ってしまったのが、「多死社会を迎えうつ葬祭業界」の章で紹介されている、「フューネラルビジネスフェア二〇一八」での一コマだ。「全国の葬祭業関係のメーカー、関連業者が集結した、いまここまで進んでいる『葬祭ビジネス』の、まあ簡単にいえば見本市のようなもの」とある。

そのなかで、とあるブースで提案されていたという、「女性雑誌とタイアップしたご婦人好みふうな豪華棺桶《かんおけ》や蓋にメッセージ短冊を設置できる棺桶」に、眉間の皺《しわ》が深くなってしまった。「わたしらしさ」とか「葬儀らしくない素敵」を強調していた、と椎名さんは書いているが、死後まで求められる「わたしらしさ」や「素敵」ってなんやねん、それ、結局は燃やしてまうんやで、と私の中の謎の関西人まで出てきてしまったほどだ。

なかには「デジタル遺品の『困った』の解決を提案」とか、「エンディング信託」とか、時代に即した有効な情報もある。エンディング信託というのは、「前受葬儀用信託サービス」というもので、「要するに、自分の希望する葬式を生前に契約し、その費用は信託銀行に預けておける、というサービス」。故人になると銀行口座は凍結されてしまうのだが、この口座は対象にならないそうだ。

とはいえ、総じての椎名さんの感想、「このようにいろいろな手法や商品でわれわれ『顧客』はじわじわと『囲い込まれて』いくのだなあ、と思った」という言葉に、深く頷《うなず》く。まぁ、葬祭ビジネスの需要はこれからも増えていくのだろうけれど。

本書の最終章「遺言未満」は、海への散骨を希望している椎名さんが、実際に海洋散骨を見学しに行ったレポートだ。

個人的な話になるが、五年前の二〇一八年、私は父のお骨を海洋散骨した。その生涯、一人っ子の私に何かを強制することなどなかった父の、ただ一つの願いが、「死んだら故郷の海に（お骨を）流して欲しい」だったからだ。海が好きで釣りが好きだった父への、あれは最初で最後の孝行だった、と思っている。同時に父の私への最後の思いやりだった。

椎名さんが取材した海洋散骨は、東京湾浦安《うらやす》沖でのものだ。散骨される方たちが四組、十五年前に散骨した「思い出クルーズ」二組、計六組、二十五人。そのなかで、椎名さんのお孫さんと同じくらいの少年が、お腹《なか》のところに抱いた鞄《かばん》に向かって「じいじの好きな手作りの梅ジュース持ってきたよ」と語りかけるシーンがある。いい光景だな、と胸が詰まってしまった。本来の葬送とは、このように静かで、穏やかで、優しくあるべきものだろう。

それにしても、と本書の巻末の参考文献を眺めながら思う。ここまで椎名さんは、「死とその周辺」のことに向き合っているのだな、と。それはおそらくは椎名さんの年齢に起因するのだろうけれど、同時に、椎名さんの内面の思索が、こんなふうに深まってきているのだな、ということもわかる。ここからさらに先、椎名さんの思索の行き着いたところまでを、書いて欲しいと強く思う（だから、まだまだ元気でいてくださいね、椎名さん！）。

生まれて、生きて、やがては死ぬ。そんなシンプルな事実を、私たちは生きる時間の残りが見えるようになってきて、初めて理解する。死は必ずや訪れるのだ、とようやく実感するのだ。そんな時、椎名さんのこの本は、手元にともってくれる、小さな、けれど確かな灯《あか》りのような一冊になってくれるはずだ。もう若くない読者にはもちろんだけど、年若い読者にも、ぜひ本書を読んでもらいたい。

（よしだ・のぶこ　文芸評論家）

初出誌：「青春と読書」二〇一八年一月号～二〇一九年九月号
「遺言未満」「八丈島の海へ」は単行本書き下ろし

本書は、二〇二〇年十二月、集英社より刊行されました。

椎名 誠の本

集英社文庫

旅先のオバケ

極寒ロシアの陰気なホテルやいわくありげな無人島で体験した信じられない現象。一瞬で全身を蚊に包まれたツンドラでの恐怖のテント泊など、奇妙キテレツな「旅の宿」の思い出を一挙放出！ 世界の極限地帯を股にかけるオドロキ旅エッセイ。

椎名　誠の本

集英社文庫

家族のあしあと

千葉の幕張に引っ越してきた大家族の椎名家。小さな生き物が息づく干潟が広がる土地で「ぼく」は小学生になった。家には四人のきょうだいたちがいて食卓はいつも賑やかだった——あたたかくも脆い家族の風景をつづったシーナ的私小説。

椎名　誠の本

続　家族のあしあと

大好きなつぐも叔父といとこの賢三君がぼくたちと一緒に暮らすことになった。季節は流れて長兄の婚約、次兄の失踪などがつづく中、ぼくは中学生に。その頃には「我が家の事情」もわかるようになってきて——シーナ的私小説、最終章。

集英社文庫

集英社文庫

遺言未満《ゆいごんみまん》、

2023年11月25日　第1刷　　定価はカバーに表示してあります。

著　者　椎名《しいな》　誠《まこと》

発行者　樋口尚也

発行所　株式会社 集英社
東京都千代田区一ツ橋2-5-10　〒101-8050
電話　【編集部】03-3230-6095
【読者係】03-3230-6080
【販売部】03-3230-6393（書店専用）

印　刷　大日本印刷株式会社

製　本　大日本印刷株式会社

フォーマットデザイン　アリヤマデザインストア　　マークデザイン　居山浩二

ISBN978-4-08-744589-3 C0195